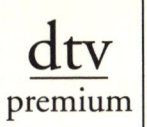

Zbigniew Mentzel

Alle Sprachen dieser Welt

Roman

Aus dem Polnischen
von Paulina Schulz

Deutscher Taschenbuch Verlag

FSC
Mix
Produktgruppe aus vorbildlich
bewirtschafteten Wäldern und
anderen kontrollierten Herkünften
Zert.-Nr. GFA-COC-1298
www.fsc.org
© 1996 Forest Stewardship Council

Der Inhalt dieses Buches wurde auf einem nach den
Richtlinien des Forest Stewardship Council zertifizierten
Papier der Papierfabrik Munkedal gedruckt.

Deutsche Erstausgabe
April 2006
Deutscher Taschenbuch Verlag GmbH & Co. KG,
München
www.dtv.de
© 2005 Zbigniew Mentzel
Titel der polnischen Originalausgabe:
Wszystkie języki świata
© 2006 der deutschsprachigen Ausgabe:
Deutscher Taschenbuch Verlag GmbH & Co. KG,
München
Charles Baudelaire: ›Albatros‹, in: *Die Blumen des Bösen*,
aus dem Französischen von Max Bruns, mit freundlicher Genehmigung
des Verlags J. C. C. Bruns, Minden
Umschlagkonzept: Balk und Brumshagen
Umschlagbild: ›The Iron Bridge, Warsaw‹ (ca. 1885)/
Library of Congress, Prints & Photographs Division
Satz: Greiner & Reichel, Köln
Gesetzt aus der Berling 10,25/13,25˙
Druck und Bindung: Kösel, Krugzell
Gedruckt auf säurefreiem, chlorfrei gebleichtem Papier
Printed in Germany
ISBN-13: 978-3-423-24528-9
ISBN-10: 3-423-24528-X

Tod und Leben stehen in der Zunge Gewalt
Wer sie liebt, wird ihre Frucht essen

Salomos Sprüche 18,21

1.

Das Erwachen

Der Traum war entsetzlich.
Anfangs konnte ich mich nicht darin zurechtfinden, wusste nicht, was ich eigentlich träumte, wovor ich mich fürchtete, was diese Fetzen rohen Fleisches waren, die – in einen blutigen Haufen verwandelt – immer noch Lebenszeichen von sich gaben.

Erst nach einer Weile, nachdem das aus dem Chaos entstandene Bild schärfer wurde, sah ich unzählige menschliche Zungen, die Toten und Lebenden herausgerissen wurden, Zungen, aus denen unsichtbare Hände ein Gebilde in Form einer Pyramide entstehen ließen; oder aber einen bis zum Himmel reichenden Scheiterhaufen.

Ich sah mit Entsetzen, wie die Zungen immer mehr wurden: rotbraune, bläuliche, beinahe schwarze; und ich hatte das Gefühl, dass jemand über sie herrschte – denn sogar dann, wenn sie sich ineinander verhedderten, bildeten sie eine amorphe Masse, die nur Baumaterial war. Doch nicht einmal dann wurden die Zungen still, sie bewegten sich in fiebrigen Zuckungen, als ob die ganze verletzte Menschheit, als ob die ganze Welt – unsere Welt – um Hilfe schrie ... fragte ... fluchte ... betete ... um Gnade winselte?

Seltsam war nur, dass ich trotz des ganzen Grauens nicht schreiend, zu Tode verängstigt oder schweißüberströmt aufwachte. Nein, ich schlug einfach die Augen auf und lag da in meinem Bett; mein Atem ging ruhig und tief, mein angeborener Herzfehler machte mir keine Probleme, es war ein ganz ruhiges Aufwachen.

Ich war in meiner Heimatstadt Warschau, in der Wohnung im ersten Stock eines der kleineren Häuser an der Henryk-Siemiradzki-Straße. Henryk Siemiradzki war ein Künstler, der vor hundert Jahren symbolische Wandbilder auf die größte Leinwand der Welt, einen Theatervorhang, gemalt hatte.

Der Wintertag wurde nur langsam munter, es war noch finster und nur aus dem Gedächtnis konnte ich die Titel der Bücher in den Regalen entziffern, die mich umgaben. Ich hob den Kopf, um die Uhrzeit am Display meiner Sony-Stereoanlage erkennen zu können. Die Digitaluhr zeigte 6:00, aber in Wirklichkeit war es erst fünf. Nach der Zeitumstellung hatte ich die Anzeige immer noch nicht verändert. Eine Weile habe ich versucht, mich an die Bezeichnung für die Winterzeit zu erinnern, in die wir jeden Herbst wechselten: ost-, west- oder mitteleuropäisch? Ich glaube, osteuropäisch, aber ich kann mich auch irren. Oder doch westeuropäisch? Ach, egal.

Seit der Heilige Geist herabgekommen ist und das Antlitz der Erde erneuert hat – unserer Erde –, seit die Kommunisten ihre Macht verloren haben, seit die Mauern eingestürzt sind und das Imperium zerfallen ist, sind mir die Zeitumstellungen egal. Als Kind habe ich ihnen noch, naiv wie ich war, eine Bedeutung beigemessen.

Es war fünf Uhr. 6:03, laut der Digitalanzeige.

Ich wusste, es würde nicht mehr lange dauern, da wäre meine Nachtruhe zu Ende. In einer Stunde würde an dem alten Mietshaus gegenüber, wo sie für die Angestellten einer amerikanischen Bank das Dachgeschoss zu Mansarden-Wohnungen ausbauten, der Betonmischer anfangen zu rattern, und der Lastenaufzug in einem Stahlschacht hinauf und hinunter geschickt werden.

Raaauf!
Ruuunter!
Raaauf!
Ruuunter!
Raaauf!
Ruuunter!
Raaauf!
Ruuunter!
– würden sie brüllen.

Ich hätte noch mindestens zwei Stunden schlafen können, aber ich war nicht mehr müde. Ich lag mit offenen Augen da, hörte meinem Herzen beim Schlagen zu; zum ersten Mal seit langer Zeit spürte ich keine Arrhythmie, nicht die leiseste Störung, lag nur da und überlegte, was mir der kommende Tag bringen würde.

An diesem Tag sollte mein Vater mit 82 Jahren zum letzten Mal arbeiten gehen, in die Apotheke des Städtischen Krankenhauses für Infektionskrankheiten. Und ich hatte ihm versprochen, dass ich ihm helfen würde, die Torte und die Plätzchen für die Mitarbeiter hinzubringen und eine kleine Abschiedsfeier auszurichten.

Mein Vater, der Zögling einer Kadettenschule, späterer Leutnant der Infanterie, geriet im September 1939 in deutsche Gefangenschaft, kehrte nach fünf Jahren im Lager Woldenberg nach Polen, in ein völlig anderes Polen, zurück, legte die Uniform ab, heiratete und wurde Apotheker. Er fing an, in der Apotheke seines Schwiegervaters zu arbeiten; und als kurz darauf die Kommunisten die Apotheker enteigneten, wechselte er auf eine Beamtenstelle und versuchte, jeden Monat mit dem mageren Gehalt auszukommen.

Im Städtischen Krankenhaus für Infektionskrankheiten, das vor dem Zweiten Weltkrieg der Familie Baumann gehört hatte, versäumte mein Vater in all den Jahren keinen einzigen Arbeitstag und verspätete sich auch kein einziges Mal. Er hatte gearbeitet. Gearbeitet, alles gegeben, und nach 25 Jahren, zum Tag der Arbeit am 1. Mai, das Bronzene Verdienstkreuz und eine Aktentasche aus künstlichem Schweinsleder bekommen. Die Zeitung des Berufsverbandes für die Mitarbeiter des Gesundheitswesens brachte einen Artikel mit Foto. Als meine Mutter die Zeitung in die Hand nahm und die Überschrift las, fing sie hysterisch an zu lachen: »*Vom Degen zur Pille*, ich fass es nicht, *Vom Degen zur Pille* ...«

Mutter lachte Tränen, schüttelte ungläubig den Kopf und las den Artikel laut vor: »Vielleicht schlummerte in seinem Ranzen der Marschallstab, aber Rudolf Hintz entschied sich für einen anderen verantwortungsvollen Posten, um seinem Vaterland zu dienen, der Polnischen Volksrepublik ...«

Sie las zu Ende. Dann erstarrte sie mit offenem Mund, als ob sie beim Aussprechen eines Wortes stumm geworden wäre, schließlich schmiss sie die Zeitung auf den Boden und begann, darauf herumzutrampeln. Ich sah zu, wie das Konterfei meines in einen weißen Kittel gekleideten Vaters in Stücke zerfiel.

»Diese Bastarde! Bastarde!«, – die Zeitung wurde in immer kleinere Stücke zerfetzt. »So einen Unsinn habe ich noch nie im Leben gelesen. Warum schreiben sie nicht, was er verdient und wie er damit seine Familie durchbringen soll?«

In dem Moment dachte ich, dass gleich etwas Schlimmes passieren würde. Vater sah Mutter mit zusammengekniffenen Lippen an, und versuchte, die Zeitung wieder zusammenzusetzen. Seit ich denken konnte, war das Zusammenleben meiner Eltern nicht sonderlich harmonisch.

2.

Die uralte Lautmalerei

Lange Zeit hielt mich meine Mutter für ein wohlgeratenes Kind; sie war sogar überzeugt, dass ich es als einziges Mitglied unserer Familie zu etwas bringen und Karriere machen würde, richtige Karriere – zunächst national, dann international. Ich würde die ganze Welt erobern, ins Ausland gehen, dort eine Familie gründen, eine Wohnung kaufen oder gar ein Haus, meiner Mutter immer Pakete schicken, und sie nach Wien einladen oder Paris.

»Karriere, Karriere …«, sagte sie mit halb geschlossenen Augen, ein geheimnisvolles Lächeln auf den Lippen; es war, als hörte sie schon das Blitzlichtgewitter der Kameras, mit denen mich die Reporter auf Flughäfen fotografieren würden, oder die aufgeregten Stimmen der Journalistinnen, die mich um Interviews fürs Fernsehen bitten würden.

Ich bin einverstanden. Ich gebe die Interviews. Ich spreche fließend in diversen Sprachen.

»*Wenn ich etwas im Leben erreicht habe, so verdanke ich es vor allem meiner Mutter.*« Die Journalistinnen sind hingerissen.

»*Thank you, Mister Hintz. Thank you very much.*«
»*Vielen Dank!*«
»*Merci beaucoup!*«

»Karriere, ach, Karriere …« Zehn oder zwanzig Jahre später klang es schon ein wenig anders aus dem Mund meiner Mutter. Das verzückte Lächeln war erloschen, wurde zu einer

Grimasse von Frust und Enttäuschung. Die Zeit verging, und ich habe die in mich gesetzten Hoffnungen nicht erfüllt.

»Du sprichst nicht mal eine Fremdsprache« – warf mir Mutter vor – »Du kannst nie von hier weg, wo sollst du hin, und auch wenn du ins Ausland gehen würdest, wie sollst du da Leute kennen lernen, wenn du keine Sprachen sprichst.«

Und obwohl ich lange Deutsch, Englisch, Französisch gelernt habe – ganz zu schweigen von Russisch, das ich in der Schule als Pflichtfach hatte – konnte ich in keiner dieser Sprachen sprechen.

Als ich dreißig geworden war und nicht mal im polnischen Fernsehen aufgetreten war, fand Mutter, dass meine Karrierechancen für immer dahin seien. Das sei das Ende, sagte sie immer wieder. Nie, niemals würde ich zu dem werden, der ich hätte werden sollen, und ich hätte doch anders als mein Vater werden sollen, ich hätte ein Jemand werden sollen, jemand, der berühmt, bewundert werden würde, aber nein, ich hätte meine besten Jahre vergeudet, sagte sie, und alleine sei ich auch, mutterseelenallein, ohne Ehefrau und Kinder. Ich sei dabei abzustürzen, ich befände mich auf der schiefen Bahn und werde bald ganz in die Tiefe …

»Raaauf! Pennst du oder was? Du musst rauf!«, riss mich ein durchdringendes Geschrei aus dem Schlaf.

Ich sah aus dem Fenster. Aus der Dachluke im Haus gegenüber, inmitten des roten Dachziegelteppichs, schaute der Kopf eines Arbeiters, der seinen Kollegen anschrie: »Raaauf! Raaauf!«

Ich schaute nach unten. Ein verschlafener Junge in einer Mütze mit einer bunten Bommel legte den Schalter um und der Lastenaufzug bewegte sich nach oben. Im selben Moment ging der Betonmischer los.

Es war sechs Uhr früh.

Im Haus gegenüber wurden die Leute langsam wach und

machten sich für die Arbeit fertig. Meinem Fenster gegenüber, in der grauen Luft, zwischen den kahlen Ästen eines Walnussbaums schimmerte die weiße Figur der Madonna, die mit dem Rücken zu mir auf einem Sockel stand.

Der Arbeiter, der den Betonmischer bediente, mühte sich nach Kräften, warf mit einer Schaufel immer wieder Sand und Zement in das Loch der Maschine. In seinem schwarzen Arbeitsanzug und der schwarzen Wollmaske, aus der nur seine Augen, Nase und Mund hervorlugten, sah er aus wie ein Teufel bei Hieronymus Bosch oder Pieter Breughel.

Wie er sich rührte! Voller Bewunderung für seine flüssigen, harmonischen Bewegungen sah ich zu, wie er ein ums andere Mal aus einem Sack den Zement nahm, ihn der Maschine in den Schlund schmiss, dann die Schaufel in den Sandhaufen steckte, nicht zu tief, nicht zu flach, so, dass der Schaufelstiel nach einer Weile von alleine darin versank, bewegt nur durch das eigene Gewicht. Ich beobachtete ihn, wie er mit der linken Hand den Eimer nahm, mit der rechten den Gummischlauch, wie er den Eimer halb voll machte, dann das Wasser in die rotierende Trommel füllte, den Eimer losließ, und dann ganz lässig die Hand ausstreckte, in die genau in diesem Augenblick der Holzgriff des Spatens fiel. Dann warf er den Sand in die Maschine und wiederholte alle Bewegungen. Immer wieder. Wenn die Hölle auf Erden wäre, und hier statt des Betonmischers der Kessel stünde, würden die Verdammten keinen Moment Ruhe haben. Der graue Weichsel-Sand mischte sich mit Wasser und dem Portland-Zement; aus den Tiefen der Trommel erklang immer wieder ein Blubbern und Schmatzen, wie eine uralte Lautmalerei:

B-l, b-l, b-l, b-lal, b-lal, b-lal, ba-lal, ba-lal, ba-lal.

»*Balal?*« – hörte ich meine Stimme, machte das Licht an und hatte eine Eingebung, als erinnerte ich mich endlich an etwas, was ich schon lange wissen wollte. Ich ging an mein Bücherregal, nahm die Heilige Schrift in die Hand und blätterte zum Alten Testament, worin ich den Kommentar zum elften Kapitel des Buches Genesis fand. Darin stand, dass es in der Babel-Geschichte ein Wortspiel gäbe, das auf den Lauten »b« und »l« basiert – im Wort »*balal*«, das heißt: »mischte«.

»*Balal*«, wiederholte ich, und plötzlich wurde mir bewusst, dass das erste Wort, welches ich an diesem Tag sprach, hebräisch war.

Die Digitaluhr auf der Sony-Stereoanlage zeigte 7:20, so dass es erst zwanzig nach sechs war. Plötzlich hatte ich das Bedürfnis, mir die ganze Geschichte in Erinnerung zu rufen; gerade wollte ich wieder die Bibel in der Wujek-Übersetzung aufschlagen, als ich daran denken musste, dass vor etwa zwanzig Jahren, ja, vor zwanzig Jahren ein mittlerweile verstorbener Literaturkritiker eine neue, moderne Übertragung des Buches Genesis veröffentlicht hatte – in einem Buch, das den Titel *Gott, Satan, Messias und* ... trug. Ich langte nach der Übersetzung, fand den richtigen Abschnitt, Genesis 11,1–9, und fing an zu lesen:

1. Alle Menschen hatten nun die gleiche Sprache und die gleiche Zunge. 2. Und als sie vom Osten her aufbrachen, fanden sie eine Ebene im Land Schinear und siedelten sich dort an. 3. Und der Eine sagte zum Anderen: »Lasset uns Ziegel kleben aus Lehm und sie an der Feuerstelle ausbrennen.« Und die Ziegel dienten ihnen als Steine, und das Erdpech als Mörtel. 4. Dann sagten sie: »Auf, lasset uns eine Stadt bauen mit einem Turm, dessen Spitze bis in den Himmel reicht, um uns einen Namen zu machen, damit wir nicht in alle Welt zerstreut werden.« 5. Da kam Gott der Herr herab, um sich die Stadt und den Turm anzusehen, die seine Kinder bauten. 6. Und Gott sprach: »Nun, ein Volk sind sie und eine Sprache besitzen sie. Doch das ist erst der Anfang ihres Tuns. Jetzt wird ihnen alles möglich sein, was sie sich vornehmen.« 7. »Nun, lasst uns hinabsteigen und ihnen die Zungen verwirren, auf dass keiner mehr die Sprache des anderen versteht.« 8. Und Gott zerstreute sie über die ganze Erde und sie hörten auf, an ihrer Stadt zu bauen. 9. Darum ward die Stadt »Babel« (Wirrnis) genannt, denn hier hat der Herr den Menschen die Sprachen der ganzen Welt verrührt und über die ganze Erde zerstreut.

Irgendwas stimmte bei der Übertragung nicht. Ich betrachtete den dritten Vers. »*Lasset uns kleben ???*« Amüsant, aber doch nicht akzeptabel in einer literarischen Übersetzung, wie ich fand. An dieser Stelle war der Literaturkritiker als Übersetzer gescheitert. Und auch das von ihm verwendete polnische Wort »*zbełtał*« (verquirlt, verrührt) fand ich nicht gut, obwohl darin das Wortspiel »*bal*« nachklingt, viel mehr mochte ich die alte klassische Version »*pomieszał*« (vermischen). *Balal*, er mischte.

Sehr treffend fand ich wiederum Worte, die der Übersetzer in den Schlüsselversen vier und sechs verwendete; es war ihm gelungen, das, was Gott und die Menschen gesagt haben sollen, festzuhalten. Und ich fand es bemerkenswert, dass er bei dem Begriff »Mörtel« von »Pech« sprach. Wie muss der Turm gerochen haben!

Ruuunter!
Ruuunter!

– erklang es von der Straße. Ich schaute hoch. Im Dach gegenüber steckte wieder der Kopf des Arbeiters, der wütend schrie:

»Ruuunter! Verdammt …«

Der Lastenaufzug bewegte sich nach unten. Exakt in dem Moment, als er anhielt, hielt auch der Betonmischer an. In der betäubenden Stille, die daraufhin ausbrach, konnte ich endlich meine Gedanken hören, hörte sie so deutlich, als ob nicht ich es wäre, der diese Worte dachte, sondern als ob jemand anderer sie für mich dachte, sprach oder las. Ich dachte daran, dass mein Vater heute zum letzten Mal zur Arbeit gehen sollte. Daran, dass ich ihm aus diesem Anlass etwas schenken sollte. Daran, dass Mutter tot war, und an alles, was sie mir vor ihrem Tod noch sagen wollte. Ich dachte an den Turm von Babel und das Vermischen der Sprachen. Dachte an die Bücher, die ich nicht geschrieben habe. Dachte an die Aktien, die ich am Tag zuvor an der Börse erstanden hatte. Dachte daran, dass, wenn meine Gedanken so schnell aufeinander folgen würden, meine Zunge sie nie würde einholen können. Nein, dachte ich, ich irre mich. Dort, wo es Gedanken gibt, muss auch eine Zunge sein, die sie auszudrücken vermag; und wo es keine Zunge gibt, kann es keine Gedanken geben ...

Ich zog mich an und ging Zeitungen holen. Der Tag war sonnig, minus sieben Grad. Das Barometer zeigte 1021 Hekto-Pascal. Im Schein der aufgehenden Sonne hatte ich für einen Moment den Eindruck, dass alles, was ich sah, auf eine riesige Leinwand aufgemalt wäre, auf den größten Theatervorhang der Welt. Und dann dachte ich, dass vielleicht eines Tages dieser Vorhang auch für mich aufgehen würde, und dann würde ich begreifen, warum ich existierte.

»Guten Morgen«, sagte ich zu der Hauswärterin, die gerade aus dem Haus gegenüber trat, in den Armen einen Korb voller frisch gewaschener Wäsche. Trotz der sieben Grad Frost hatte sie lediglich ein baumwollenes T-Shirt an, aus dem ihr weißes Fleisch quoll. Mit dem Korb, den sie krampfhaft an ihren Körper gedrückt hielt, sah sie aus wie ein Sumo-Ringer, der mit einem ebenbürtigen Gegner kämpft.

»Guten Morgen, guten Morgen ...« Die Frau stellte den dampfenden Korb ab, schirmte ihre Augen gegen die Sonne ab und schaute in das Fenster im dritten Stock, wo eine nach einem Schlaganfall gelähmte Frau mit einem abwesenden Blick in die unerforschliche Zukunft sah. Sie zeigte mit einer beredten Geste zuerst auf die Frau im Fenster und dann auf den Korb und meinte: »Sie schaut in den Tod, und ich muss waschen ...«

Ich nickte und ging weiter.

Jeden Tag, wenn ich das Haus verließ, um meine Zeitungen zu holen, begegnete ich an der Ecke zwei Männern, die ihre Hunde Gassi führten. Ich kannte sie nicht persönlich, lediglich vom Hörensagen. Als die Kommunisten den Kriegszustand über Polen verhängten, hatte der jüngere der beiden eine Veranstaltung unter dem Namen »Kette der Herzen« organisiert. Ich konnte mich noch erinnern, wie er durch ein Megafon die Leute dazu aufrief, an einem bestimmten Tag auf die Straße zu gehen und einander die Hände zu reichen, um eine Kette um die ganze Stadt zu bilden. Die Aktion war gelungen. Die Polizei wachte zwar über alles, verscheuchte die Menschenmenge jedoch nicht, und nur wenige wurden leicht verletzt. Kurz danach sprach der Veranstalter im Fernsehen und kündigte an, eine solche Menschenkette um ganz Polen bilden zu wollen, dann um ganz Europa, schließlich um die ganze Welt. Bisher hat er es allerdings noch nicht geschafft.

Der ältere Mann war ein ehemaliger Kultusminister in der kommunistischen Regierung, und davor langjähriger Chefredakteur einer Satirezeitschrift. Was machte er wohl nach der Wende? Ich hatte keine Ahnung. Man munkelte, dass er die Biografie von Goebbels aus dem Deutschen übersetzt hatte und unter Pseudonym Theaterkritiken in der *Tribüne* schrieb. Beide Männer hatten schütteres Haar – der Jüngere bündelte die Haarreste zu einem Pferdeschwanz, der Ältere kämmte sie sich quer über den Schädel. Hinter dem Ersten trippelten zwei räudige Hündinnen, deren Rasse ich nicht zuordnen konnte, der andere hielt einen riesigen Deutschen Schäferhund, der keinen Maulkorb trug, eng an seinem Bein. Der Mann hielt ihn nicht an einer Leine, sondern direkt am Halsband. Ich war einmal Zeuge, wie sich der Hund zu den Hündinnen losreißen wollte, da hielt es der Jüngere nicht aus und explodierte: »So ein Riesenvieh kann man doch nicht ohne Maulkorb laufen lassen! Kennen Sie die Bestimmungen nicht?«

Der Ältere wurde bleich und biss die Zähne zusammen, als ob er sich gerade noch beherrschen könnte, die letzten Worte des russischen Romans *Der treue Ruslan* zu zitieren: »Fass! Fass!«

Ich bog nach links, gespannt, was sich diesmal hinter der Ecke verbergen würde, aber dann fiel mir ein, dass ich heute meine Zeitungen viel früher als üblich holte. Die Hundebesitzer waren demnach noch nicht da. Am Eingang der Höheren Offiziersschule der Feuerwehr erblickte ich die vorbeihuschende Silhouette eines bekannten Architekten, der irgendwann mal vorhatte, ein Buch über die schönsten Brücken der Welt zu verfassen. Was machte er hier? Vielleicht habe ich ihn aber nur mit jemandem verwechselt.

Ich wechselte die Straßenseite und achtete auf den Verkehr, schaute nach links und nach rechts, denn der Fußgängerübergang hatte keine Ampel. Oft kam es hier zu Unfällen, verursacht durch rücksichtslose Fahrer, die die Fußgänger nicht beachteten.

Der Kiosk, in dem ich immer meine Zeitungen holte, war gleichzeitig ein Blumenladen. In dem engen Raum, auf den fünf Quadratmetern, half Herr Grzegorz, der Sohn von Frau Teresa, einen Blumenkranz als Grabschmuck herzurichten. Er befestigte rote Rosen mit einem dünnen Draht an der Unterlage aus frischen Tannenzweigen, gleichzeitig bediente er die Kundschaft.

»Die Wahlverwandtschaft, den Lebenslauf und den Super-Deppen, bittschön«, sagte der bekannte Staatsanwalt, der vor mir in der Schlange stand. Herr Grzegorz verstand sofort und reichte ihm *Die Wahlzeitung, Warschauer Leben* und *Super-Express*.

»Und dann noch ein Sandwich!«, quiekte der Staatsanwalt, vergnügt wie ein Vögelchen, und Herr Grzegorz, der in der Zwischenzeit bereits auf eine weitere Rose eingestochen hatte, legte ein Päckchen Marlboro Light auf den Tresen.

»Einen schönen guten Tag, der Herr!«, begrüßte er mich freundlich. Immerhin war ich einer der Stammkunden, denn fast jeden Tag kaufte ich in dem Kiosk massenhaft Zeitungen: beinahe alle Tageszeitungen, Wochenmagazine, und sogar bunte Frauenzeitschriften.

»Ein schönes Wetter haben Sie für heute bestellt«, meinte er mit gekonnt gespieltem Enthusiasmus, und fing an, irgendwas zu erzählen. Versunken in Gedanken, hörte ich nur mit halbem Ohr hin, ich weiß nur noch, dass er dauernd wiederholte: »Und da lief er herum wie ein Jude in einem leeren Laden.«

Ich bezahlte meine Zeitungen und ging auf die Straße. Vor meinem Haus roch ich den wohlbekannten Ariel-Duft. Die gelähmte Frau im dritten Stock lehnte immer noch bewegungslos im Fensterrahmen. »Sie schaut in den Tod und ich muss waschen...« Ich sah der Frau beim Leben zu und dachte an mein eigenes.

Warum konnte ich immer noch keine Fremdsprachen sprechen, obwohl ich so lange Deutsch, Englisch, Französisch und Russisch gelernt hatte? »Warum kann ich nicht sprechen?«, fragte ich mich, als ich die Tür meiner Wohnung aufschloss. Damals konnte ich noch nicht wissen, dass ich schon in einigen Stunden die Antwort darauf finden würde – was wohl der wichtigste Grund sein würde, sich den heutigen Tag für immer einzuprägen.

3.

Die Schreibmaschine

Meine Wohnung – ein Zimmer mit Küche und Bad, insgesamt 24 Quadratmeter – habe ich für das größte Familienerbstück erworben: eine goldene Taschenuhr mit einem schwarzen Relief auf dem Springdeckel, eine sogenannte »Traueruhr«, die meine Ururgroßmutter nach der Niederlage des Januar-Aufstands 1863 in Auftrag gegeben hatte. Diese Uhr bekam ich von meiner Mutter – drei Monate, nachdem 1981 der Kriegszustand über Polen verhängt worden war. In jenem Jahr bin ich dreißig geworden und fragte mich immer öfter, ob mein Leben nun einen tieferen Sinn bekommen würde – der ihm bis dato abging. Damals wohnte ich noch bei meinen Eltern.

Um zu Vaters magerem Gehalt etwas dazuzuverdienen, führte meine Mutter eine private Kindertagesstätte. Tag für Tag tobten in meinem Zimmer zehn Kinder, die sich schreiend eine Trommel, Zinnsoldaten, eine Holzlokomotive, einen Hampelmann, Bausteine, einen Plüschaffen ohne untere Extremitäten und massenhaft anderes kaputtes Spielzeug aus den Händen rissen. Das Spielzeug ging in unserer Familie von der einen auf die andere Generation über. Und dementsprechend sah es auch aus. Um drei Uhr nachmittags beendete Mutters Hilfskraft Frau Zenia ihre Arbeit, und dann musste ich übernehmen. Um die schreiende Bande zur Räson zu rufen, erschreckte ich sie stets mit einer alten deutschen Schreibmaschine der Marke »Rheinmetall«, die sie alle mit abergläubischer Angst anstarrten, seit sich der kleine Kuba darin den Finger eingeklemmt hatte, als er die Tabuliertaste gedrückt hatte.

Die letzten Bälger wurden gegen fünf abgeholt, und dann blieb ich zurück, wie Gulliver im Land der Liliputaner, inmitten von umgefallenen winzigen Stühlchen und Tischchen aus Spanplatte. Ich sammelte alles auf, trug die Möbelchen auf den Balkon, sperrte das Spielzeug in die Truhe und lüftete das Zimmer. Dann erst konnte ich meinen zusammenklappbaren Tisch aufstellen, darauf die Schreibmaschine, und endlich anfangen zu arbeiten – an meinem Buch zu schreiben, das ich noch nicht mal angefangen hatte.

Diese alte deutsche Schreibmaschine, die meine Mutter zum zwanzigsten Geburtstag bekommen hatte, war ein Gegenstand, der mich schon immer fasziniert und gleichzeitig deprimiert hatte. Irgendetwas Düsteres, irgendetwas, was nach Friedhof roch, versteckte sich in ihrem massigen Körper. Riesengroß und schwer, mit silbern glänzenden Griffen, mit dem Firmennamen »Rheinmetall« in Fraktur auf dem Gehäuse, erinnerte sie mich an einen üppig verzierten Sarkophag oder einen ähnlich exklusiven Ort der ewigen Ruhe. Mit ihrer steifen schwarzen Schutzhülle, die wie das Verdeck einer Droschke aussah, wirkte sie noch majestätischer.

Lange Jahre, bis zu seinem Tod, achtete mein Großvater stets auf den Zustand der Maschine, widmete ihr Stunde um Stunde, begutachtete und reinigte sie, wartete sie hingebungsvoll. Mit angehaltenem Atem beobachtete ich, wie er die Schutzhülle abnahm, die Schreibwalze anhob, das Farbband prüfte, die Walze mit einem in Spiritus angefeuchtetem Lappen abrieb, wie er dann mit Öl die Schienen des Wagens einölte, dann jede der metallenen Typen lange mit einer alten Zahnbürste reinigte, der zu diesem Zweck extra die Borsten auf die Hälfte gekürzt worden waren.

Meine Mutter hatte das Maschineschreiben mit dem Zehn-Finger-System gelernt und zeigte mir gern, wie gut sie es schon nach wenigen Wochen intensiver Übung konnte. Sie drehte das Papier in die Maschine, dann richtete sie das Blatt, klemmte es mit dem Papierhalter fest, überprüfte die Randsteller. Schließlich band ich ihr die Augen mit einem lila Halstuch zu und versicherte mich, dass sie auch wirklich nichts sehen konnte.

»Jetzt?«, fragte sie stets und ließ die Hände über der Tastatur schweben, wie eine Klavierspielerin, die gleich die ersten Takte anstimmen will.

»Jetzt!«, sagte ich; und in diesem Moment schon ließen die metallenen Typen das charakteristische Trommeln gegen die Walze hören.

Diese Seide alle Keile des Eides diese Löffel diese Seele
Diese fidele Liesel dieses ideale Lied Lisa lies das leise
Die Seide dieses Kleides diese Seide des Kleides ideales Ei
Diese ideale Kasse dieses ideale Kleid diese Diele das Eis
Diese leise Kasse diese Eisdiele diese Eislöffel die Seele

Meine Mutter schrieb in einem irrsinnigen Tempo und nach dem Wort »*Seele*« streifte sie das Tuch ab.

»Schau, kein einziger Fehler!«, zeigte sie mir stolz das Blatt. »Siehst du?«

Berauscht von der Schnelligkeit ihrer Finger, las ich die aneinander gereihten Worte, die für mich nach einem Abzählvers oder nach einem unverständlichen Avantgarde-Gedicht klangen. In ihrer Jugend schrieb meine Mutter selbst Gedichte, und angeblich hat ihr Kazimierz Wierzyński, den sie von allen lebenden polnischen Dichtern am meisten geschätzt hat, ein großes Talent bescheinigt.

»Drei Mal, drei Mal hat er meine Texte gelesen und mir daraufhin die Hand geküsst!«, erzählte sie. »Frau Janka, sagte er, Frau Janka, Sie haben Talent, dieses Talent dürfen Sie nicht vergeuden, mit diesem Talent könnten Sie hoch hinaus ...«

Manchmal hatte ich den Eindruck, dass sie insgeheim weiterhin Gedichte schrieb, weil sie sich öfters mit der Schreibmaschine im Zimmer einschloss. Doch wenn ich dann heimlich ihre Schubladen durchstöberte, fand ich dort statt der Gedichte nur die Korrespondenz, die sie jahrelang mit dem Wohnungsamt führte: Anträge, Widerrufe, Beschwerden, zahllose Kopien, unzählige Stunden der Erniedrigung und Schmach. Mutter beschwerte sich immer wieder über unsere Untermieterin, die uns das Wohnungsamt zugeteilt hatte, und die wir erfolglos loszuwerden versuchten. Ich kann mich immer noch an den verzweifelten Ton jener Briefe erinnern:

Am 4. Dezember d. J. hat Bürgerin Wanda Olczak zwei fremde Personen (vermutlich ein Ehepaar) in unsere Wohnung gebracht und führte eine Wohnungsbesichtigung durch. Auf meine Anfrage, mit welchem Recht sich diese Personen meine Wohnung ansehen, erklärte der Mann unverschämt, dass Bürgerin Olczak vorhabe, aus ihrem Zimmer auszuziehen und es ihnen zu überlassen. Aufgrund des skandalösen Verhaltens von Bürgerin Olczak während ihrer Wohnzeit hier (welches eine erhebliche Beeinträchtigung des Gesundheitszustandes meiner Mutter, einer alten Frau, zur Folge hatte, und auch mich in eine starke Neurose getrieben hat), möchte ich den Antrag stellen, uns das Recht zum Aussuchen des Untermieters zu überlassen. Die Person, die uns vorschwebt, wohnt derzeit noch in einem Übergangsquartier, ist ein ruhiger Angestellter, und sein vorbildlicher Charakter sowie gute Manieren sind ein Garant für ein einträchtiges Zusammenleben.

Oder:

Nach langen Jahren, in denen Bürgerin Olczak alle Bewohner beschimpfte und drohte, hier Menschen einziehen zu lassen, die, Zitat, »es uns zeigen würden«, brauchen wir nach ihrem Auszug die ersehnte Ruhe. Ich möchte anmerken, dass mein Mann während seiner Kriegsgefangenschaft von einem deutschen Wärter geschlagen wurde (ein besonders schwerer Schlag mit dem Karabinerkolben gegen den Hinterkopf) – seitdem leidet er unter Nervosität, Schlaflosigkeit, Angstattacken und Migräne. Ich bitte Sie hiermit, dies zu berücksichtigen und uns keinen neuen Untermieter zuzuweisen. Stattdessen möchte ich den Antrag auf zusätzlichen Wohnraum für meinen kranken Mann stellen. Bitte teilen Sie uns das Zimmer zu. Im Übrigen möchte ich bitten, mit den von Bürgerin Olczak genannten möglichen Nachmietern keinen Untermietvertrag abzuschließen.

Obwohl es mir in meiner Kindheit verboten war, ohne die elterliche Aufsicht mit der Schreibmaschine zu spielen, hielt ich mich öfters nicht daran. Ich hob die Schutzhülle an, und drückte irgendeinen Buchstaben, um das leise Trommeln der metallenen Type gegen die Walze zu vernehmen. Eines Tages ertappte mich meine Mutter an der Maschine, als ich die Finger in der Luft bewegte, in einer Nachahmung ihrer Bewegungen. Dieses Bild erheiterte sie so, dass sie Tränen lachen musste.

Ich war in der zweiten Klasse der Grundschule, als die Kinderzeitschrift *Płomyczek* einen Wettbewerb unter dem Titel ›Beschreibe Deine Heimat‹ veranstaltete. Jeder konnte eine knappe Beschreibung der Polnischen Volksrepublik einreichen, die die russischen Kosmonauten in einer Kapsel auf den Mars bringen sollten – Mars, Venus, oder einen anderen Planeten. Meine Arbeit schrieb ich zunächst von Hand, um sie dann mit zwei Fingern an der Schreibmaschine abzutippen, was mir erst beim elften Mal fehlerlos gelang. Obwohl ich bei dem Wettbewerb weder einen Preis noch eine Auszeichnung bekam (»Zum Glück, sonst würde er wohl für die *Volkstribüne* schreiben müssen«, meinte mein Vater), war meine Mutter der Meinung, dass ich den Schritt in die richtige Richtung getan hätte, und seitdem ließ sie mich die Schreibmaschine benutzen, wann ich nur wollte. Eines Tages fand ich zu Hause ihr altes Tipp-Lernbuch und beschloss, die darin enthaltenen Übungen so lange durchzuarbeiten, bis ich im Zehn-Finger-System würde schreiben können, wie meine Mutter.

Agentur TASS gibt interessante Nachrichten durch, hämmerte ich in die Tasten der Rheinmetall-Maschine und wiederholte diese Übung drei Mal hintereinander, wie es die Autoren des Handbuchs empfahlen:

Agentur TASS gibt interessante Nachrichten durch.
Agentur TASS gibt interessante Nachrichten durch.
Agentur TASS gibt interessante Nachrichten durch.

Unsere große Mühe war nicht umsonst.
Unsere große Mühe war nicht umsonst.
Unsere große Mühe war nicht umsonst.

In der Lubliner Region wird Hopfen angebaut.
In der Lubliner Region wird Hopfen angebaut.
In der Lubliner Region wird Hopfen angebaut.

Als ich mit circa der Hälfte der Übungen durch war, passierte etwas Beunruhigendes. Beim Anschlagen der Taste mit dem Buchstaben »a«, der ja der am häufigsten vorkommende Buchstabe war, gab die Schreibmaschine ein unangenehmes Geräusch von sich, als wenn die Taste ins Leere schlüge. Der Wagen weigerte sich, automatisch zum nächsten Zeichen vorzurücken, und man musste ihn immer anschieben, damit der nächste Buchstabe nicht an derselben Stelle angeschlagen wurde. Kurz danach fing der Transportmechanismus an, Ärger zu machen, und weil das Band eine untypische Breite von 14 Millimetern hatte, konnten wir auch kein Ersatzband in den Schreibwarengeschäften besorgen. Das Band war schließlich derart abgenutzt, dass es Löcher bekam und dauernd festhing, und dadurch das Papier verdreckte.

Zu dem Zeitpunkt, als Mutter nur noch den Schatten einer Hoffnung hegte, dass ich ein wohlgeratenes Kind war und es als Einziger aus unserer Familie zu etwas bringen würde, musste die Schreibmaschine zu einer Generalüberholung abgegeben werden – doch die Entscheidung, sie endlich zu einer Werkstatt in der Wilcza-Straße zu fahren, mussten wir von Monat zu Monat verschieben, aus Geldmangel. Ich benutzte die Maschine jeden Tag und versuchte immer zu erspüren, wann wieder einmal ein Teil den Gehorsam kündigen würde, doch auch bei erhöhter Aufmerksamkeit brauchte ich doppelt so lange für meine Arbeit, weil ich zwischendurch die hängenden Tasten reparieren, die Fehler mit Korrekturflüssigkeit nachbessern und mir immer wieder die Hände waschen musste.

Nach vielen unerquicklichen Versuchen, einen Erzählband mit dem Titel ›Dreck‹, ein Theaterstück, betitelt ›Zeitumstellung‹ und die Skizzen-Sammlung über die moderne polnische Prosa mit dem Arbeitstitel ›Die scheinbar abhängige Rede‹ zu verfassen, begann ich die Arbeit an meinem nächsten Buch. Den Titel hatte ich schon. *Korepetytor.* Der Inhalt war mir in groben Zügen klar: Ein junger erfolgloser Schriftsteller gibt Ausländern Polnisch-Unterricht, und dabei erklärt er ihnen an witzigen Beispielen, worin sich das Leben im kommunistischen Polen vom Leben in anderen Ländern unterscheidet. Die Idee war gar nicht schlecht, aber ich kriegte den Anfang nicht hin. Mit dem Titel war ich jedoch so zufrieden, dass ich ihn in mehrere fremde Sprachen übersetzte. Am meisten gefiel mir das deutsche: ›Der Einpauker‹!

Ich drehte das Papier in die Schreibmaschine, drückte die brüchig gewordenen Papierhalterrollen fest, wusch mir immer wieder die Hände, schrieb einen Satz, löste das hängen gebliebene Band, wusch mir wieder die Hände, schrieb den zweiten Satz, schob den Wagen an, jedes Mal, wenn die Taste mit dem Buchstaben »*a*« den Dienst versagte. Und wenn das Band aus unerfindlichen Gründen wieder hängen blieb, nahm ich die Spulen heraus, sah mir gegen das Licht das verblichene Band an, als ob ich mir aus den Spuren der Millionen Anschläge der letzten Jahrzehnte meine Zukunft herauslesen könnte.

Abends. Im Esszimmer deckte Mutter den Tisch, in der Küche versuchte Vater, *Radio Free Europe* zu hören. Angenervt vom höllischen Lärm der Störsender drehte er unser »Tatra«-Radio hin und her, beschwor die Ferrit-Antenne, dass sie so gnädig sein und ihm den Empfang der wichtigsten Sendung ›Fakten, Ereignisse, Meinungen‹ ermöglichen sollte.

»Alles, alles hab ich vorhergesagt ...« wiederholte er dauernd, wenn sein Lieblingssprecher, Józef Ptaczek, mit Grabesstimme die neuesten Nachrichten verlas.

»Na klar«, warf Mutter spöttisch ein. »Du hast schon immer alles vorausgesagt, warst schon immer so vorausschauend. Schade nur, dass du nicht voraussehen konntest, wie wenig du verdienen würdest. Schade nur, dass du mir das nicht sagen konntest, bevor ich dich geheiratet habe. Schade nur ...«

Vater drehte den Lautstärkeknopf höher, ließ das Radio mit voller Lautstärke laufen; die letzten Worte meiner Mutter wurden von Józef Ptaczek übertönt, der wiederum von den Störsendern übertönt wurde. Ich schlug mit der Faust gegen die Wand und brüllte.

»Ruhe! Ich brauche Ruhe zum Arbeiten!«

4.

Schwarzer Schmuck

Nach dem Abendessen verließ ich die Wohnung, so schnell ich konnte. Meine zahlreichen, kurzlebigen Frauenbekanntschaften kommentierten die Eltern mit beredtem Schweigen; und erst eine längere Liebschaft mit einer Theologie-Studentin, die ihr Studium aufgegeben und als Kalender-Modell gearbeitet hatte, erweckte ihren Unmut. »Hast du vor, dich noch lange mit diesem Flittchen abzugeben?«, fragte meine Mutter, und ohne die Antwort abzuwarten, ging sie zu den Vorwürfen über, dass ich ihre Wohnung für ein Hotel hielte oder für eine Gepäckaufbewahrung oder einen Waschsalon, für den ich übrigens keinen Groschen zahlen würde.

»Du weißt ganz genau, dass es mir nicht ums Geld geht«, meinte sie beleidigt, wenn ich ihr vorschlug, monatlich etwas zur Haushaltskasse dazuzugeben. »Du weißt ganz genau, dass ich mich nur um deine Zukunft sorge. Du bist über dreißig! Wie viel Zeit willst du noch vergeuden?«

Mit dem hochgewachsenen, kurzgeschorenen Kalendermodell traf ich mich in ihrer Ein-Zimmer-Wohnung in der Altstadt. Ich kam immer sehr spät nachts zurück, und obwohl ich mir alle Mühe gab, den Schlüssel leise im Schloss zu drehen, ging bei meiner Mutter stets das Licht an. Wir ertrugen einander weniger, je länger wir unter einem Dach hausten, wir wurden einander immer überdrüssiger. Aber davon, dass wir unsere Wohnung in zwei kleinere umtauschen sollten, wollte mein Vater nichts hören.

»Man pflanzt keine alten Bäume um«, sagte er jedes Mal, wenn die Mutter von einem letzten Umzug träumte, und mit einer emsigen Hoffnung jeden Tag Anzeigen in der Zeitung las. Sie hoffte immer noch, dass sich ihr Leben verändern könnte.

Ich kann mich sehr genau an den Tag erinnern, als Mutter plötzlich mit einem Gesichtsausdruck, als hätte man ihr die Frohe Botschaft verkündet, in mein Zimmer trat. In der ausgestreckten Hand hielt sie triumphierend das *Warschauer Leben*.

»Lies! Lies es!«, sagte sie und schob mir die Zeitung unter die Nase. Auf der Seite mit den Kleinanzeigen, in der Rubrik »Wohnungen«, hatte sie mit einem roten Kugelschreiber etwas eingekringelt.

Ein Zimmer mit Küche, Bad, 24 qm, in Alt-Żoliborz, dringend zu verkaufen. Ruhig, grüne Umgebung. Mit Telefon. Kein Makler. Tel. 33–37–23.

Ich zuckte mit den Schultern. In Alt-Żoliborz waren die Wohnungen doch unbezahlbar, das wussten alle.

»Ich hatte gleich ein gutes Gefühl, als ich diese Anzeige gesehen habe«, die Stimme meiner Mutter war genauso feierlich wie ihr Gesichtsausdruck. »Dort war die ganze Zeit besetzt, bis ich endlich durchgekommen bin. Rate mal, wie lange ich mit dem Besitzer gesprochen habe? Eine halbe Stunde! Ein Ingenieur, stell dir vor, ein sehr kultivierter Mensch. Und rate mal, in welcher Straße die Wohnung ist? Das errätst du nie! Ich sage es dir – in der Henryk-Siemiradzki-Straße! Verstehst du? In der Henryk-Siemiradzki-Straße!«

Ich hatte keine Ahnung, warum meine Mutter so aufgeregt war, und was ich, ihrer Meinung nach, verstehen sollte.

»Welch ein unglaublicher Zufall!« Mutter redete weiter, als

hätte sie eine Erleuchtung gehabt. »Unsere Familie ist doch seit Generationen mit Henryk Siemiradzki verwandt! Sag bloß nicht, du hättest es nicht gewusst! Ich habe es dir nämlich schon hundertmal gesagt. Wenn du es hättest hören wollen, hättest du es begriffen. Aber deine Familie ist dir ja völlig egal.«

»Worauf willst du eigentlich hinaus, Mutter?«, unterbrach ich sie irritiert.

»Worauf ich hinaus will? Darauf, dass du diese Wohnung kaufen solltest. Ich sehe darin die Hand des Schicksals.«

Wenn Mutter begann, von der Hand des Schicksals zu reden, bedeutete es, dass sie alles tun würde, um ihre Meinung durchzusetzen.

»Hörst du, was ich sage? Du solltest diese Wohnung kaufen!«

»Nichts lieber als das. Nur wovon? Weißt du zufällig, was die Wohnung kostet?«

»Weiß ich! Hundertfünfzig Dollar der Quadratmeter.« Auf einmal klang Mutter ganz sachlich. »Für die Gegend ist es wirklich günstig. Alt-Żoliborz! Im Grünen, ruhig, ideale Lage, dort würde ich selbst gerne wohnen wollen. Und außerdem, man kann bestimmt mit dem Besitzer verhandeln, vielleicht kriegst du sie günstiger. Wenn er doch schon schreibt, dass er sie dringend loswerden will ...«

»Der Quadratmeter hundertfünfzig, ...«, rechnete ich schnell im Kopf durch. »... Zusammen etwas über dreieinhalbtausend. Ich kann mir gerade mal drei Quadratmeter leisten. Mehr habe ich nicht; alles was ich habe, reicht für drei Quadratmeter.«

Mit einer theatralischen Geste zog meine Mutter einen Gegenstand aus der Tasche ihrer Schürze.

»Du hast noch etwas.« Sie legte ein schwarzes Schildpatt-Etui vor mir auf den Tisch. »Das kann man veräußern. Es wäre mir lieber, du tust es jetzt, als nach meinem Tode«, meinte sie pathetisch.

Ich nahm das Etui in die Hand und lupfte vorsichtig den Deckel. Drinnen lag, auf einem winzigen Samtkissen, eine goldene Uhr mit einem schwarzen Relief auf dem Sprungdeckel. Das letzte Mal hatte ich diese Uhr gesehen, als ich noch ein kleiner Junge war. Im Laufe der Jahre hatte meine Mutter alle Familienjuwelen verkauft, und ich war überzeugt, dass die Golduhr ebenfalls schon lange weg war.

»Original Patek. Dukaten-Gold. Man kann bestimmt dreitausend Dollar dafür bekommen. Und außerdem ...«, Mutter legte sich die Uhr auf die Hand und überlegte eine Weile, »... hab ich sie nie gemocht. Deine Urururgroßmutter trug sie als Zeichen der Trauer. Und deswegen finde ich sie auch so traurig.«

»Woher weißt du, dass man sie für dreitausend verkaufen kann? Woher weißt du, dass sie überhaupt jemand kaufen will?«

»Ich weiß nur eins: wir müssen schnell handeln«, sagte meine Mutter. »Zuerst musst du die Wohnung sehen. Ruf an. Fahr hin. Rede mit dem Mann.«

Ich rief an. Wir verabredeten uns in der Wohnung in der Henryk-Siemiradzki-Straße. Der Besitzer war in meinem Alter oder auch ein bisschen älter. Mittelgroß, stämmig, mit einer dicken Brille sah er gutmütig und vertrauenserweckend aus. Mich nervte er allerdings von Anfang an mit seinem Geplapper. Bis wir zum Eigentlichen gekommen sind – und die Wohnung gefiel mir sehr! – hatte er mir schon sein ganzes Leben erzählt. In den letzten vier Jahren hatte er als Geschäftsmann in Nigeria gelebt. Angeblich hatte er schon eine Million in der Tasche, als ihn sein dortiger Geschäftspartner austrickste, und er am Ende ohne einen Cent dastand.

»Ein schwieriges Land«, meinte er, und ich nickte höflich,

obwohl ich von Nigeria keine Ahnung hatte und erst aus seinem engagierten Vortrag viele Dinge erfahren hatte. Gott, ich glaubte, er würde nicht mehr aufhören zu reden: Der Tschad-See, Monsun-Regen, Äquatorialklima, Savannen, Trockenperioden, Baobab-Bäume, Ebenholz, Kakao, zweihundert Sprachen und Dialekte, die Stämme Ibo, Hausa, Yoruba, der General Obajnga oder Obajaro, wie auch immer …

»Eigentlich hatte ich einfach nur super Pech, wissen Sie; stellen Sie sich mal vor, aus einem Land, in dem so was wie ein Militärputsch an der Tagesordnung ist, gehe ich zurück nach Polen, und das vor dem 13. Dezember, vor dem Kriegszustand. Vom Regen in die Traufe, vom Regen in die Traufe, sage ich immer …«

Als es mir endlich gelungen war, ihm ins Wort zu fallen und ihm verständlich zu machen, dass ich die Wohnung gerne kaufen würde, aber nicht genug Bares hätte, und ihm eventuell stattdessen eine Patek-Uhr anbieten könnte, von der ich allerdings nicht wisse, was sie nun wert sei – schlug der Besitzer vor, wir könnten doch zu einem der besten Antiquitäten-Sachverständigen Warschaus fahren, Herr Zarębski, schon gehört? Na eben, seine Meinung wäre ausschlaggebend, der Mann sei eine Koryphäe.

Wir fuhren am nächsten Tag hin. Noch nie habe ich so viele Schlösser an einer Tür gesehen. Auf dem Messingschild stand kunstvoll graviert:

WAWRZYNIEC MARIA ALEKSANDER ZARĘBSKI
SACHVERSTÄNDIGER

Die Tür öffnete ein graumelierter Herr in einem gestreiften seidenen Morgenmantel. Das Zimmer, in das er uns führte, sah aus wie ein Antiquitätenladen. Wir setzten uns an einen ovalen Tisch.

»Womit kann ich Ihnen dienen, meine Herren?« fragte der Gutachter, und sein Blick streifte das Schildpatt-Etui, das ich in der Hand hielt.

»Wir möchten Sie um die Schätzung dieser Uhr bitten«, sagte ich und schob ihm das Etui hin.

Der Gutachter steckte sich eine Uhrmacherlupe ans Auge, nahm vorsichtig die Uhr aus dem Etui heraus, öffnete den Springdeckel und schaute sich schweigend das Uhrwerk an.

»Ist es ein Familienerbstück?«, fragte er endlich.

»Ja, die Uhr gehörte meiner Ururgroßmutter.«

»Wollen Sie sie verkaufen, tut es Ihnen nicht leid darum?« In der Stimme des Gutachters klang etwas Trotziges, beinahe Herausforderndes mit.

»Dann wollen Sie sie…«, setzte ich an.

Er unterbrach mich mitten im Satz.

»Verzeihen Sie mir meine übermäßige Neugier. Ich hätte Sie nicht ausfragen sollen. Das ist wunderschönes Stück. Ein echter Czapek. Die Uhr muss gleich nach dem Januar-Aufstand in Auftrag gegeben worden sein.«

»Verzeihung, wenn ich Sie richtig verstanden habe…«, ich konnte mich einfach nicht beherrschen, »… haben Sie Czapek gesagt. Sie haben wohl Patek gemeint.«

»Nein, verehrter Herr« – erklärte er mit der übertriebenen Höflichkeit eines Menschen, der sich seiner Sache absolut sicher ist. »Ich sagte Czapek und meinte auch Czapek. Patek und Czapek sind doch zwei verschiedene Personen. Welche Art von Bildung haben Sie denn?«, fragte er unvermittelt.

»Philologisch«, meinte ich ohne Überzeugung, aber wahrheitsgemäß. »Ich habe polnische Philologie an der Warschauer Universität studiert.«

»Nun, wenn Sie Philologe sind…«, meinte der Gutachter ironisch und legte die Lupe weg, »… dann wissen Sie sicherlich, wer Mickiewicz während seines Aufenthalts in der Schweiz Geld für die Reise nach Paris geliehen hat?«

Ich hatte keine Ahnung.

»Czapek vielleicht? Oder Patek?«, versuchte ich zu raten.

»Beide, mein werter Herr. Sie waren damals noch Partner. Beide emigrierten nach dem Novemberaufstand 1830 nach Genf. Und gründeten eine Firma. Aber als Philippe ein neues Patent entwickelte, wie man Uhren ohne Schlüssel aufziehen könnte, und als seine Erfindung dann weltweite Anerkennung fand ...«

»Philippe?«, unterbrach ich ihn.

»Ja. Adrian Philippe. Der zukünftige Schwiegersohn von Patek. Verstehen Sie nun? Philippe hatte das Patent, und Patek hatte eine Tochter. Sie soll ausnehmend attraktiv gewesen sein. Der Schwiegervater und der Schwiegersohn gründeten eine neue Firma – diese berühmte, die bis heute existiert, Patek-Philippe. Czapek hatte nicht so viel Glück. Obwohl er anfangs, als er alleine geblieben ist, eine gute Phase hatte. Er machte einen Salon in Genf auf, dann einen anderen in Warschau. In der Krakowski Przedmieście 411. Dort wird Ihre Ururgroßmutter wohl die Uhr bestellt haben.«

»Verzeihung, ...«, der Besitzer der Henryk-Siemiradzki-Wohnung wurde ungeduldig, »... welchen Wert hat die Uhr denn heute?«

»Welchen Wert die Uhr heute hat? Das kommt darauf an. Kommt darauf an, für wen, meine Herren. In einem städtischen Metallankauf wird sie Ihnen irgendein Idiot abnehmen und pro Gramm Gold bezahlen, weil es ein anderer Idiot so festgelegt hat. Natürlich würden Sie in dem Fall kaum etwas dafür bekommen. Und wie Sie wissen, sind wir in diesem Land von Idioten umgeben.«

»Und wie viel würde ein privater Sammler dafür zahlen?«, fragte ich.

»Das kommt ebenfalls darauf an.« Der Gutachter machte eine weit ausholende Geste. »Für Privatsammler hat schwarzer Schmuck aus der Zeit des Januaraufstands einen großen Wert. Und diese Uhr ist wirklich schön. Eine fragile Zeigerlinie. Rubinrotes Lager. Doppelter Umschlag. Und dieses schwarze Emaillerelief mit der Mutter Gottes ... Spitzenarbeit. Bei einer Versteigerung in London ist eine ähnliche Uhr mit dem Konterfei von Tadeusz Kościuszko für dreitausend Pfund weggegangen. In Kanada kauft ein polnischer Multimillionär Czapek-Uhren, aber nur solche, die eine Seriennummer unter siebentausend haben. Für ihn spielt der Preis sicherlich keine Rolle.«

»Was hat diese Uhr denn für eine Nummer?«, wollte ich wissen.

Der Gutachter steckte sich die Lupe ins Auge.

»4421. Vier Tausender und ein Mex. Sehr glückliche Zahlen.«

Als wir auf die Straße hinausgegangen waren, streckte mir der Wohnungsbesitzer die Hand hin und meinte: »Ich habe mich entschieden. Ich nehme die Uhr. Wir können morgen den Vertrag aufsetzen.«

5.

Mein Vater und Nathan Rothschild

An dem alten Haus gegenüber meiner Wohnung blubberte der Betonmischer vor sich hin. *B-l, b-l, b-l* ... Der Weichsel-Sand vermischte sich mit Wasser und dem Portland-Zement. *B-lal, b-lal, b-lal* ... Nicht zum ersten Mal an diesem Tag hatte ich den Eindruck, dass meine Gedanken immer schneller wurden, je länger ich dem Rhythmus des Betonmischers zuhörte, seiner uralten Lautmalerei.

Mit meinem Vater war ich für zwölf Uhr verabredet. Drei Mal hatte er mich vorgewarnt, dass er schon weg sein würde, wenn ich auch nur eine Minute zu spät kommen sollte. An einem anderen Tag vielleicht, aber gerade am heutigen, da könne er sich keine Verspätung erlauben. Spätestens um eins müsse er da sein, um in Ruhe alles vorbereiten zu können. Wenn mir aus irgendwelchen Gründen zwölf Uhr nicht passte, müsse ich es nur sagen, dann würde er sich etwas anderes überlegen. Er würde es auch ohne meine Hilfe schaffen. Wirklich, ich solle mich nicht bemühen, nichts für ungut.

Ich wusste, dass wir für die Fahrt zum Krankenhaus höchstens eine Viertelstunde brauchen würden; es wäre Zeit genug, auch wenn ich erst um halb eins auftauchen sollte. Doch jedes Mal, wenn ich versuchte, es meinem Vater zu erklären, wurde er ärgerlich und bestand auf punkt zwölf Uhr.

»Was ist, wenn das Auto unterwegs kaputtgeht? Oder wenn wir im Stau stecken bleiben? Oder die Brücke auf der ganzen Länge gesperrt wird? Was ist, wenn wir dann zu Fuß gehen müssen?« Als er zum dritten Mal wiederholte: »Merke dir, Sohn, der Mensch muss auf alle Eventualitäten vorbereitet sein!«, fragte ich, warum er sich nur auf die schlimmsten Eventualitäten vorbereitet, wenn er das so sieht. Mein Vater winkte ab.

Es war schon seltsam, dass ich gerade um fünf wach wurde. Es war doch Vater, der seit seiner Zeit im Kadettenkorps jeden Morgen um fünf Uhr wach wurde, als hätte er ein eingebautes Chronometer.

»Was die Armee aus einem machen kann!«, schimpfte meine Mutter und verzog das Gesicht. »Das ganze Leben funktionierst du wie ein Automat, alles auf Befehl. Auf! Nieder! Kriechen! Auf! Stillgestanden! Rühren! Gott, wie ich das alles hasse!«

Mutter hasste die Armee, seit die Deutschen im Krieg den einzigen Mann getötet hatten, den sie je geliebt hat. Als ich einundzwanzig wurde, hat sie mir zum ersten Mal ein gemeinsames Foto der beiden gezeigt.

»Er war so alt wie du jetzt, als er starb«, bekannte sie, als sie mir die Unterschrift auf der Rückseite zeigte: *Ball im Städtischen Kasino, Warschau 1938.* Auf dem Foto trug ein junger Mann in der Uniform eines Fähnrichs meine in ein weißes Ballkleid gehüllte Mutter auf den Armen. Sie hielt sich an seinem Nacken fest und lachte herzhaft. Jedes Mal, wenn ich dieses Bild sah, musste ich daran denken, dass ich sie mit meinem Vater zusammen nie so glücklich gesehen hatte. Nach Mutters Tod fand ich noch ein anderes Foto dieses Mannes. Er sah aus wie tot, vielleicht war er das auch. Auf einmal wurde es mir peinlich, weil ich daran denken musste, dass meinem Vater die Uniform viel besser stand.

Ich schaute auf die Digitalanzeige. 8:09.

Wenn ich um zwölf bei meinem Vater sein sollte, musste ich mindestens eine Stunde eher aus dem Haus gehen. Eine ungünstige Zeit. Vormittags um elf begannen die Börsennachrichten. Ich wusste, auch wenn ich die Kurse bei der Eröffnung überprüfen könnte, würde ich die Kurskorrekturen nicht mehr mitbekommen – und diesmal versprach es, spannend zu werden.

Seit einigen Jahren herrschte an der Warschauer Börse beständige Baisse. Die Preise waren so weit gefallen, dass die Aktien der meisten Unternehmen ihr historisches Tief erreicht hatten. Obwohl Aktien nie so günstig sind, dass sie nicht noch günstiger werden könnten, hatte ich das vage Gefühl, dass eine Wende bevorstand, und dass die Aktienkurse, die stetig fielen, endlich wieder steigen würden. Auf dem Diagramm des wichtigsten Börsenindex' entstand seit Tagen eine sogenannte »Formation des dreifachen Bodens«, was man in jedem Börsenhandbuch als ein Zeichen für einen baldigen Konjunkturumschwung ansah. Ich schaute in den Zeitungen nach, um Börsenkommentare der zwei bekanntesten Analytiker, Waldemar Gębuś und Sebastian Buczek, nachzulesen.

In seinem ›Der Bär drängt in den Süden‹ betitelten Kommentar behauptete Buczek, dass, obwohl wir noch Winter hatten, der Bär (Allegorie der Baisse), nicht schlafen und uns noch schlimmere Probleme bereiten würde. Er zitierte die Warnung eines japanischen Maklers: *»Man greift nicht ins fallende Messer!«*, und sagte zum Schluss: *»The trend is your friend! – Ich würde nicht gegen den Trend ankämpfen wollen, auch wenn er eine absteigende Tendenz aufweist.«*

Waldemar Gębuś hatte eine diametral andere Meinung, was die Marktentwicklung anging. In seinem Kommentar ›Fangt das fallende Messer!‹ vertrat er die Meinung, der beste Beweis für die ankommende Hausse sei es, wenn die meisten Investoren an die Baisse glauben. Gębuś zitierte dabei Nathan Rothschild, der, als er gefragt wurde, ob es eine sichere Methode gäbe, Geld zu machen, geantwortet haben soll: *»Si-*

cherlich gibt es eine Methode. Persönlich kaufe ich nie beim niedrigstem Kurs, und ich verkaufe immer zu früh.« Ein Investor muss stets auf alle Eventualitäten vorbereitet sein, schloss Gębuś. Also auch darauf, dass er während der Baisse mit der Hausse rechnen muss. Ich las aufmerksam. Mit meinem ganzen Herzen stand ich für Nathan Rothschild und Waldemar Gębuś ein. Wenn aber doch Sebastian Buczek Recht hätte ... Daran wollte ich nicht denken. Es war zu spät. Am Tag zuvor hatte ich das fallende Messer aufgefangen. Ich hatte Aktien gekauft. Nicht nur für Bargeld, sondern auch auf Kredit, den ich auf die Aktien aufgenommen hatte. Sollten die Aktienkurse weiterhin fallen, würde ich einige Male schneller verlieren – sollten sie jedoch anfangen zu steigen, würde ich umso mehr gewinnen.

Nach 15 Jahren in der Wohnung in der Henryk-Siemiradzki-Straße wurde mein Lebensraum von Monat zu Monat immer kleiner. Ich legte mir in einem solchen Tempo Bücher zu, dass sie schon lange nicht mehr in die Regale hineinpassten. Ich stapelte sie auf dem Boden, die Stapel wurden immer höher und höher, bis sie schließlich die Decke erreichten und sie abstützten wie Stempel in den Stollen einer Kohlegrube. Bis zur Decke reichten auch Stapel alter Zeitschriften, aus denen ich noch nicht alle interessanten Artikel herausgeschnitten hatte. Wie oft habe ich mir hoch und heilig versprochen, regelmäßig interessante Dinge auszuschneiden, aber ich geriet immer mehr in Verzug, und die ältesten Zeitungen, die von ganz unten, waren schon sieben Jahre alt. Ich schlief auf einem aufklappbaren Sofa in der Mitte des Zimmers, stets in der Angst, die Stapel könnten eines Nachts umfallen und mich unter sich begraben. Einmal ist es schon passiert, dass eine Lawine aus Zeitungen von der rechten Seite des Zimmers plötzlich in meine Richtung losging. Als der Staub sich wieder gelegt hatte, sah ich eine dreckige

Wand, und daran eine Zeichnung von Erik Dahlbergh, und ein altes gerahmtes Foto, das ich längst vergessen hatte.

Auf der Zeichnung war die Stadt Zakroczyn und die Überquerung des Flusses Weichsel durch die schwedische Armee unter dem Befehl des Marschalls Steenbock, die Ungarn unter Fürst Rakoczy und die Kosaken unter Anton Zdanowicz während des polnisch-schwedischen Krieges 1657 dargestellt.

Das Foto daneben hatte mir ein Mädchen aus Wladiwostok geschickt, mit der ich vor langer Zeit etwas hatte. Ich wusste noch, dass sie nach dem Ende unserer Bekanntschaft den Bauminister der kommunistischen Regierung geheiratet hatte.

Einige Jahre später haben sie sich scheiden lassen, das Mädchen ging ins Ausland, und der Minister ins Gefängnis, weil er Gelder veruntreut hatte. Ich weiß nicht mehr, wo ich es gelesen habe, aber ich weiß noch, dass er von einem ausländischen Geschäftspartner als Bakschisch Elefanten-Stoßzähne angenommen und sie in einem Schweizer Safe deponiert haben sollte.

Was machte das Mädchen aus Wladiwostok wohl heute? Ich hatte keine Ahnung. Ich wusste ja nicht mal, wie sie heute aussah. Auf der Fotografie, die sie mir geschickt hatte, sah man nur einen alten russischen Fernsprechautomaten, der an einer Holzwand befestigt war. Sein metallener Panzer war an ein paar Stellen eingedellt, als ob irgendwelche Leute, genervt, dass sie nicht durchkommen, ihm heftige Schläge mit den Fäusten verpasst hätten. Auf einem kleinen Schild, das an dem Automaten befestigt war, stand auf Russisch:

GEBÜHRENFREIE ANRUFE:
FEUERWEHR   01
MILIZ   02
NOTARZT   03
GAS-NOTDIENST   04

Ich sah mir das Foto aufmerksam an und bemerkte, dass in die Holzwand noch eine andere Aufschrift eingeritzt war; die ich anfangs nicht entziffern konnte. Die Buchstaben erinnerten mich an ägyptische Hieroglyphen oder an das altbulgarische Alphabet, das erst kürzlich von meinem Onkel Edward dechiffriert worden war. Unter einer starken Lupe entdeckte ich, dass die Aufschrift in ganz normalen russischen Buchstaben verfasst war. Allerdings wurde jeder zweite Buchstabe von irgendjemandem, der den Sinn der Worte verschleiern wollte, mit einem Quadrat umrandet, das er anschließend mit zwei Diagonalen durchkreuzte. Ich fühlte mich wie Champollion, als es mir nach einigen Minuten gelungen war, die Worte zu entziffern:

WER FICKEN WILL – TEL. 76 34 06, GALIA

Eines Abends, nach zwei Flaschen Rotwein und mit einem ziemlichen Schwips, wählte ich die Auskunft und bat um die Vorwahl von Wladiwostok. Ich weiß nicht, warum ich mir eingebildet habe, dass der Zeitunterschied zwischen Warschau und Wladiwostok circa 24 Stunden betragen müsste, und dass es dort folglich ungefähr so spät war wie bei uns.

Ich rief an. Besetzt. Ich rief fünf Minuten später noch mal an. Niemand ging ran.

6.

»Wird noch gesprochen?
Wird noch gesprochen?« »Ja! Ja!«

Die Digitaluhr auf der Sony-Stereoanlage zeigte 9:20, demnach war es zwanzig nach acht. Es war höchste Zeit, meinem Körper seine Portion Kalium zu gönnen. Mein angeborener Herzfehler zwang mich dazu, mehrere Medikamente einzunehmen. *Enarenal, Sectral, Kalipoz Prolongatum* mit Kalium-Ionen. Kalium war sehr wichtig, denn zu wenig davon führte unweigerlich zu Herzrhythmusstörungen. Dass ich immer wieder einzelne Krämpfe hatte, daran habe ich mich nach Jahren gewöhnt; sie machten mir keine Angst, obwohl sie durchaus unangenehm waren. Angst bekam ich erst dann, wenn mehrere Krämpfe einander folgten, ein halbes, ein ganzes Dutzend, und wenn sie aneinander gereiht waren, miteinander eine lange Kette bildeten, die die Kardiologen eine Salve nannten. Ich ging in die Küche, um die Pillen mit einem Glas Wasser hinunterzuspülen und sah die Spinne, die sich im letzten Herbst bei mir eingenistet hatte. Eines Tages, kurz vor der Zeitumstellung auf die Winterzeit, entdeckte ich in der Küche eine frische Spinnwebe, aufgespannt zwischen der Decke und dem Bolzen eines antiken Bügeleisens, der auf dem Fensterbrett lag. Die Spinnweben glitzerten in der Sonne, so zart gesponnen, dass ich es für eine Barbarei gehalten hätte, dieses Naturwunder zu zerstören. Ich habe mal gelesen, dass Spinnweben stabiler sind als Stahlfäden von derselben Stärke, und dass, obwohl sie so fein sind, eine

Spinne halten können, die viertausend Mal so schwer ist wie sie. Angeblich verspeisen Spinnen, die lange nichts gefressen haben, ihre eigenen Spinnweben, um dann anschließend eine neue zu weben, nur um einiges kleiner. Meine Spinne hat schon mehrmals ihre eigenen Spinnweben gefressen. Fliegen gab es bei mir im Winter keine, und die Brotkrumen, die ich ihr mal hingelegt hatte, hat sie nicht angerührt.

Plötzlich – ich dachte gerade an ein Gedicht, in dem eine Spinne einen Schatten fing – zuckte die Spinne, die ich für tot gehalten hatte, bewegte sich, ließ einen langen Faden ab, an dem sie sich nach unten abseilte, und verschwand.

Raaauf!

Raaauf!

– hörte ich hinter dem Fenster. Der Arbeiter im Haus gegenüber steckte wieder einmal seinen Kopf durch die Dachluke zwischen den roten Dachziegeln und rief:

»Raaauf!

Raaauf!«

Ich sah nach unten. Der verschlafene Junge mit der bunten Bommelmütze musste wohl vergessen haben, den Schalter des Lastenaufzugs umzulegen, während er die Hauswärterin anstarrte, die dem Arbeiter am Betonmischer irgendwas zu erklären versuchte. Sie machte weitausholende Gesten und zeigte ihm die Figur der Mutter Gottes, die mit dem Rücken zu meinem Haus stand. Was hatte die Frau wohl? Vielleicht ist ihr aufgefallen, dass der Mischer Beton auf die Figur spritzte. Der Arbeiter schmiss die Schaufel zu Boden, stieg über den Zaun, der die Figur umgab, kletterte auf den Sockel aus grauem Stein und sah der Mutter Gottes ins Gesicht, das er dann mit dem Ärmel seiner Jacke abzuwischen begann.

»Lass das, lass das, fass sie nicht an!«, schrie die Hauswärterin, schnappte sich das Hosenbein des Arbeiters und zog ihn wieder hinunter. »Nimm deine Mütze ab, du weißt wohl nicht, wen du vor dir hast!« Der Arbeiter machte einen Schritt nach hinten, hob die Schaufel auf und wehrte sich mit dem Griff. Er konnte keine Mütze abnehmen, weil er keine aufhatte. In seinem schwarzen Arbeitsanzug sah er aus wie Mephisto auf einer Illustration zu Mickiewiczs Balladen.

In meiner Wohnung klingelte das Telefon. Ich zögerte, ob ich rangehen sollte. Um diese Zeit verwählten sich seltsamerweise viele, doch es konnte auch mein Vater sein. Ich wartete ein wenig und hob dann ab.

»Ja, bitte.«

»Ich bin dran«, hörte ich. »Hörst du mich?«

Die Stimme meines Vaters war so schwach, als würde er aus Wladiwostok anrufen.

»Ich höre dich, sehr schlecht allerdings.«

»Soll ich es später noch mal versuchen?«

»Nein, nicht nötig, Papa. Ich höre. Bitte.«

»Warte mal, ich drehe am Kabel; irgendwas stimmt hier nicht ...«

Im Hörer knackte es und summte durchdringend. Schon seit einigen Monaten hatte mein Vater ein kaputtes Telefon, und obwohl ich ihm zwei neue Geräte mitgebracht hatte, konnte er sich nicht entschließen, das nicht funktionierende auszutauschen. Auch wollte er keinen Monteur rufen, um die Störung überprüfen zu lassen.

»Hallo? Ist es jetzt besser? Hörst du mich?«

»Ja, ich höre dich, Papa. Was gibt es?«

»Ich habe eine schlimme Nacht hinter mir. Nicht der Rede wert.«

»Ist etwas passiert?«

»Nein; ich konnte einfach nicht schlafen. Ich lag bis fünf Uhr wach. Erst in der Frühe bin ich eingenickt ...«

»Ruhig, Papa, ruhig ...« Ich wusste nicht, was ich sagen sollte, um ihn zu beruhigen.

»Jaja, ruhig, Papa!«, wurde er plötzlich wütend. »Wie oft habe ich dir gesagt, du sollst mich nicht Papa nennen? Du weißt doch, dass ich das nicht ausstehen kann.«

»Wie soll ich dich denn ansprechen? Herr Vater? Mutter habe ich auch immer mit Mama angesprochen.«

»Ach, sag doch, was du willst. Es ist mir eh alles egal.«

Jedes Mal, wenn mich mein Vater mit in Urlaub genommen hat – jedes Jahr an denselben Ort, an die Weichsel, 566 Kilometer von der Quelle entfernt – gingen wir alle paar Tage zum Postamt in Golawin, um ein Ferngespräch nach Warschau zu bestellen. Obwohl die Post von unserem Haus nur etwa 40 Kilometer entfernt war, mussten wir immer sehr lange auf die Verbindung warten. Der Postleiter drehte immer mit der Kurbel des Telefonapparates, verband sich mit der Zentrale, gab die gewünschte Nummer durch, und als endlich, nach circa einer Stunde, falls es auf der Linie keine Störungen gab, die Verbindung zustande kam, ging mein Vater in die Kabine, nahm den Hörer von der Wand und fing an, sich mit meiner Mutter zu unterhalten. Manchmal schwiegen sie zwischendurch und dann rief die Telefonistin, die anscheinend irgendwo in der Zentrale die ganze Zeit das Gespräch überwachte: »Wird noch gesprochen? Wird noch gesprochen?«

»Ja! Stören Sie uns bitte nicht!«, rief mein Vater irritiert, doch nach einer Weile erklang die Stimme der Telefonistin, und wurde von Mal zu Mal immer drängender: »Wird noch gesprochen?«

»Ja! Ja! Ja!«, schrie mein Vater, rot vor Wut. »Es wird gesprochen!«

»Hallo?«, hörte ich die Stimme meines Vaters. »Bist du noch dran?«

»Ja. Ich bin dran. Ich höre dir zu.«

»Ich habe eine Bitte an dich.«

»Was für eine?«

»Nichts Wichtiges.« Wie immer sagte mein Vater nicht direkt, was er wollte.

»Was ist es, Papa, sag doch.«

»Was es ist? Ich will nur, dass du dir die Schuhe putzt, bevor du herkommst. Und dass du nicht zu spät kommst.«

»Gut. Ich werde pünktlich um zwölf bei dir sein.«

Schuhe putzen, Koffer packen ... Mein ganzes Leben lang kannte ich niemanden, der besser Koffer packen konnte als mein Vater. Das erste Prinzip sei, erklärte er meiner Mutter immer, so wenig wie möglich mitzunehmen. Meine Mutter hielt sich nie an seine Regeln. Jedes Jahr, wenn sie wegen ihrer Atemwege zur Kur fahren musste, hatte sie sich so viele Sachen herausgesucht, dass es unmöglich schien, sie könnten je in ihren Koffer passen.

»Ist das alles?«, fragte mein Vater dann.

»Alles«, meinte meine Mutter und warf noch ein Jackett auf den Kleiderhaufen.

»Lasst mich jetzt bitte alleine«, bat dann mein Vater und schloss die Zimmertür hinter sich zu, als ob er ein geheimnisvolles Ritual abhalten wollte. Nach einer halben Stunde öffnete er die Tür wieder und präsentierte uns den bereits fertig gepackten Koffer, der so schwer war, dass der Gepäckträger am Bahnhof ihn auf dem Rücken tragen musste.

Koffer packen, Schuhe putzen ... Lange Zeit hatte ich den Eindruck, dass es das Einzige war, was mein Vater wirklich gut konnte. Er hatte, so lange ich ihn kannte, nur zwei Paar Schuhe, schwarze und weinrote, er besaß sie seit 50 Jahren. Immer wieder neu besohlt, neu genagelt mit Nägeln, die »Frösche« genannt wurden, standen sie mit Schuhspannern unter dem Hocker im Flur, stets auf Hochglanz poliert.

Meine Mutter war immer der Meinung gewesen, wenn

mein Großvater im richtigen Moment dem richtigen Menschen seine zwei Rezepturen für Schuhwichse verkauft hätte, die »Normale Schuhwichse« und »Schuhwichse mit monumentalem Glanz«, wie er sie nannte, wären wir jetzt reich. Mein Vater hat nie Schuhwichse benutzt. Ehrlich gesagt, nahm er auch nie Schuhcreme, nicht einmal von der Firma »Kiwi«. Zum Schuhputzen nahm er einen in Milch getränkten Lappen – ganz normale Milch, die er jeden Morgen und jeden Abend für seine Gesundheit trank.

Ich schaute auf die milchgetränkten Schuhe im Flur und musste immer öfter daran denken, dass das schwarze Paar eines Tages mit meinem Vater zusammen in einem Sarg landen würde, und das weinrote Paar alleine unter dem Hocker zurückbleiben würde. Und ich würde nicht wissen, was ich damit machen sollte.

7.

Der erste Buchstabe des Alphabets

Als ich neun Jahre alt geworden war, wurde meine Mutter langsam unruhig. Höchste Zeit, meinte sie, dass ich endlich einen Schritt in die richtige Richtung tun sollte. Sie würde mich schon in diese Richtung bringen. Dem Schicksal solle nachgeholfen werden.

In jenem Jahr fanden die Olympischen Spiele in Rom statt und mein Vater kaufte uns einen Fernseher der Marke »Wisła«. Der Fernseher war schwarz-weiß, doch jedes Mal, wenn die Polen gewannen und unsere Nationalflagge am höchsten Mast gehisst wurde, hatte ich den Eindruck, als sähe ich alles in Farbe. Bei den Spielen in Rom gewannen wir vier Goldmedaillen. Vier Mal wurde unsere Nationalhymne gespielt. Und jedes Mal war mein Vater zu Tränen gerührt, stand stramm vor dem Fernseher und sang mit:

»Marsz, marsz Dąbrowski
Z ziemi włoskiej do Polski
Za twoim przewodem
Złączym się z narodem …«

Als Zdzisław Krzyszkowiak beim Dreitausend-Meter-Hindernislauf die zwei besten Läufer aus der Sowjetunion, Rschischtschin und Sokoljow besiegt hatte, sang ich zusammen mit meinem Vater. Der Lauf war großartig. Wir schauten mit angehaltenem Atem zu, wie bei der letzten Runde, kurz vor dem Wassergraben, Krzyszkowiak mit einem plötzlichen Ruck Rschischtschin überholte, auf der letzten Geraden an Sokoljow vorbeilief und als Erster das Ziel erreichte.

»Hurraaaaa, hurraaaa!«, riefen wir. Mutter sah uns an, als ob wir verrückt wären. Sie konnte Sport nicht ausstehen und obwohl sie sich ausnahmsweise zum Olympia-Schauen hat überreden lassen, hat sie der Lauf so gelangweilt, dass sie nach fünf Minuten nicht mehr auf den Bildschirm blickte.

»Rumrennen wie eine Katze mit voller Blase«, knurrte sie, als Krzyszkowiak seine Ehrenrunde um das Stadion drehte. »Was soll das für einen Sinn haben?«

»Wie: Was für einen Sinn?«, erboste sich mein Vater. »Hast du eine Ahnung, wie viel Arbeit es kostet, so gut zu sein, dass man eine Goldmedaille gewinnt? Hast du eine Ahnung, wie viel Entbehrungen so ein Sieg kostet, ein Lauf gegen die Besten? Krzyszkowiak hat gewonnen, weil er lange Jahre an sich gearbeitet hatte.«

»Wer hat gewonnen?«, fragte meine Mutter.

»Krzyszkowiak!«, sagten mein Vater und ich gleichzeitig. »Ein Pole! Krzyszkowiak! Ein Pole! Er hat die Russen besiegt! Verstehst du? Er hat die Goldmedaille bekommen! Wir haben gewonnen!«

»Na und? Was habe ich denn davon?« Meine Mutter zuckte mit den Schultern. »Sagt mir doch, was ich davon habe, dass irgendein Pole, irgendein Krzyszkowiak, mit anderen Typen Runden ums Stadion dreht? Heute gewinnt er, morgen verliert er, dann werden ihn alle vergessen.«

»Ich werde ihn nie vergessen!«, sagte mein Vater. »Und er wird ihn nie vergessen.« Er zeigte mit dem Finger auf mich. »Du wirst sehen. Er wird das alles nicht vergessen.«

Obwohl ich aus dem Gedächtnis die Namen aller Medaillen-Gewinner aus Rom aufsagen konnte, und alle ihre Ergebnisse im Finale, ja sogar im Halb- und Viertelfinale, war Sport nicht meine Bestimmung. In der Schule nahm ich an den Sportstunden nicht teil, ich hatte ein Attest vom Arzt, gleich im Voraus fürs ganze Schuljahr. Ich hatte einen angeborenen Herzfehler, eine Neigung zu Infektionen, und außerdem bekam ich ständig Nasenbluten. Meine Mutter ermahnte mich immer wieder, ich solle meinen Kopf so hoch wie möglich tragen. Denn sobald ich den Kopf senkte, ging es sofort los. Sogar der Friseur aus dem Salon in der Inżynierska-Straße musste mich in einer besonderen Stellung schneiden. Für seine Bemühungen bekam er immer ein gutes Trinkgeld von meiner Mutter.

Mein Gott, wie ich es hasste, zum Friseur zu gehen! Es war mir so peinlich! Was für Qualen ich da ausstand, als ich wartete, bis ich drankam. Jeder normale Junge, der zum Haareschneiden kam, setzte sich in den Sessel, senkte den Kopf – in der Haltung eines rituellen Opfers, mit feierlich entblößtem Nacken über dem weißen Umhang. Und ich, ich saß auf zwei Kissen, die mir der Friseur unter den Po steckte, mit steifem Rücken, wie ein Stock, und starrte mein Abbild im Spiegel an. Herr Ryszard, der Friseur, musste immer vor mir knien. Er fing immer hinten an, mir die Haare auszudünnen und fragte: »Was möchtest du werden, wenn du groß bist?« Mit einer entschiedenen Geste hob er dann mein Kinn, klapperte mit seiner Schere, während ich – rot vor Scham – umsonst versuchte, den Kopf für wenigstens einen Augenblick zu senken. »Vielleicht willst du Friseur werden? Wenn du willst, kannst du deine Ausbildung bei mir anfangen. Gefällt es dir bei mir?«

Was wollte ich werden? Ich hatte keine Ahnung. Ich war gerade neun Jahre alt geworden und meine Mutter konnte sich nicht entscheiden, in welche Richtung sie mich drängen sollte. Aber wie immer war sie der Meinung, von unserer Familie würde ich es am weitesten bringen.

Bei uns zu Hause interessierten mich – abgesehen von der alten Schreibmaschine der Marke »Rheinmetall« – Bücher am meisten. Die Bücher aus Großvaters Bibliothek. Stundenlang konnte ich in der Ecke sitzen und in dem großen Lexikon von Trzaska, Evert und Michalski blättern; oder im *Hausarzt*, einem Kompendium des medizinischen Wissens – in diesem Buch wimmelte es geradezu von Abbildungen unseliger Menschen, die mit den schrecklichsten Krankheiten der Welt bestraft worden waren. Alleine von den Hautkrankheiten gab es mehrere Dutzend, und ihre Namen, einmal gelesen, konnte ich nicht mehr vergessen: Krustenflechte, Psoriasis, Dermatophytose, seborrhoisches Ekzem, Hämangiom, Elephantiasis.

»Ich weiß nicht, ich weiß wirklich nicht, ob das eine Lektüre für einen Jungen in seinem Alter ist ...« Mein Vater schüttelte den Kopf, wenn er mich in dieses Buch vertieft sah – doch meine Mutter nahm es als Beweis für meine überdurchschnittliche Intelligenz und war froh über meine vielseitigen Interessen.

Wegen der häufigen Krankheiten und des ständigen Nasenblutens fehlte ich in der zweiten Klasse der Grundschule insgesamt 147 Tage, und unsere Klassenlehrerin, Frau Szalamacha, sagte zu meiner Mutter, dass sie noch nie einen Schüler gehabt hätte, der fast nie in der Schule war. Trotzdem versäumte ich nicht so viel, mein Wissen war auf dem aktuellen Stand. Meine beste Freundin, die Chinesin Tsu, kam jeden Tag vorbei und brachte mir die Aufgaben mit – jedes Mal. Wenn es nötig war, konnte ich mir ihre Hefte borgen und mich für jedes Fach vorbereiten. Dann machte ich stets schnell die Hausaufgaben, damit ich zu meinen geliebten Büchern zurückkehren konnte. Eines Tages beschloss ich, das Lexikon von Trzaska, Evert und Michalski von *A* bis *Z* abzuschreiben. Meine Geduld reichte leider nur für ein paar Anfangsseiten. Ich schrieb alles in ein altes Buchhalterheft aus der Apotheke meines Großvaters. Beim Abschreiben sagte ich immer wieder den Inhalt des Eintrags auf, während ich das Lexikon für einen Moment geschlossen hielt – wie meine Schwester es immer mit ihrem Vokabelheft tat, wenn sie für Russisch lernen musste. Damals ist mir sofort aufgefallen, dass es unter den *A*-Einträgen ziemlich viele gibt, die mit *Aa* anfangen: »*Aachen, Aalen, Aarau*« ... Dieses doppelte Initial hatte etwas Magisches an sich, wie ein Zauberspruch. Diesem *Aa* hatte ich zu verdanken, dass mich die Namen eines niederländischen Hafens, eines Schweizer Flusses, eines syrischen Arztes und eines norwegischen Philologen in die uralte Zeit der Entstehung der Welt eintauchen ließen. »*Aaron, der erste Hohepriester Israels* ...«, schrieb ich ab und drückte dabei meinen Füller fest aufs Papier, und war so ergriffen, als ob ich soeben ein wohl gehütetes Geheimnis hätte entdecken dürfen.

Nach Jahren merkte ich mit Verwunderung, dass Kleinanzeigen in Zeitschriften öfter mit dem mehrmals wiederholten Buchstaben A anfangen:

AAAAAAAAAAAAAAAA Autoservice ...
AAAAAAAAAAA Antennen, günstig ...
AAAAAAA Anfängerkurse in ...

Ich habe mir sagen lassen, dass jedes solche *A* extra kostet. Und wer will, dass seine Anzeige an der ersten Stelle erscheint, muss die Konkurrenz überbieten. So verhält es sich also, dachte ich bei mir – das Symbol des Anfangs, den heiligen ersten Buchstaben des Alphabets kann man kaufen wie frische Brötchen! Als ich immer öfter die Kleinanzeigen studierte, fiel mir auf, dass die meisten *As* von einem Wertpapierhändler der PEKAO-Bank erworben wurden:

AAAAAAAAAAAAAAAAAAAAAAAAAAAA
Absolut sichere Wertpapiere ...

Von Woche zu Woche wurde die Anzeige dieses Händlers immer länger, sie wuchs und wuchs wie ein Bandwurm, ein bösartiger Parasit, der bald einen Meter lang sein würde. Eines Nachts träumte ich, dass der Bandwurm auf das Lexikon von Trzaska, Evert und Michalski losging und vor meinen Augen nach und nach alle Einträge verschlang. Nun gab es keinen Aaron mehr, den Bruder Mose, den ersten Hohepriester Israels, es gab keine Flüsse mehr und keine Häfen, keine Ärzte, keine Philologen ... Ich träumte, dass ich versuchte, das Lexikon laut vorzulesen, aber aus meinem Mund kamen nur lallende Laute, als ob ich seit meiner Geburt stumm gewesen wäre: *aaaa ... aaa ... aa ...*

Wegen meiner zahlreichen Fehlstunden (von den 147 Stunden waren nicht alle entschuldigt), wurde mir meine Note im *Betragen* herabgesetzt, aber ich habe das Klassenziel trotzdem erreicht. Und zwar mit Auszeichnung, einem Buch – denn obwohl ich kaum da war, hatte ich doch lauter Einsen, mit Ausnahme einer einzigen Zwei. Meine Mutter hat sich wider Erwarten nicht so gefreut, wie ich es gehofft hatte.

»Heutzutage kriegt jeder einen Buchpreis, was ist schon Besonderes daran? Der Stępień hat auch ein Buch bekommen, und das ist doch ein absoluter Idiot!«, mokierte sie sich und mir wurde wieder einmal klar, was sie von mir erwartete – etwas, was die anderen nie erreichen würden, etwas Großes.

Dann begannen die Ferien. Mitte Juli hat mich mein Vater in den Urlaub mitgenommen. Wie immer an denselben Ort – an die Weichsel (566 Kilometer von ihrer Quelle entfernt), und als wir zwei Wochen später wieder zurückkamen, hatte Mutter schon neue Pläne, was mich anging.

Wenn es zu Hause schon ein Klavier gab, so sollte ich lernen, darauf zu spielen!

»Tja, deine Sommerferien gehen schnell zu Ende ...«, zwinkerte mir mein Vater zu und versteckte sich hinter seiner Tageszeitung. Doch es war ihm nicht vergönnt, auch nur die erste Seite zu lesen, denn meine Mutter erklärte, er solle hinter der Zeitung hervorkommen und sich auf den Dachboden bequemen, um den Drehhocker zu holen, den ich zum Klavierspielen brauchen würde. Den Klavierunterricht bekam ich bei Frau Buyno, die sich einverstanden erklärte, mich einmal die Woche zu sehen. Sie war Lehrerin in der Musikschule in der Wileńska-Straße. Meiner Mutter schwebte zunächst ein richtiger Professor vom Konservatorium vor, ein viel besser qualifizierter Pädagoge – doch als sie den Preis hörte, 15 Złoty die Stunde (»wenn nicht noch mehr!«), hatte sie schnell ihre Allüren vergessen. Nein, nein, das könnten wir uns auf keinen Fall leisten, hieß es. Frau Buyno konnte ich von Anfang an nicht leiden. Sie sprach mich mit dem Kosenamen »Zbyszko« an, färbte ihr dünnes Haar rot, und trug dauernd ein unter den Achseln durchgeschwitztes Kleid, das ihre Schultern frei ließ. In der ersten Stunde, nachdem sie überprüft hatte, ob Mutters Konzertpiano auch richtig gestimmt war, fing sie an, beschwingt Wiener Walzer zu spielen. Sie spielte so lange, bis meine Mutter, ganz beunruhigt ob der Zeit- und Geldverschwendung, unter irgendeinem Vorwand ins Zimmer kam. »Sie sollten heute anfangen, oder? Das haben wir doch ausgemacht, dafür werden Sie bezahlt!«, schien ihr Blick zu besagen. Die Lehrerin spielte noch ein paar Takte, bis sie sich bremste und mit dem Nagel des Zeigefingers ein effektvolles Glissando hinlegte.

»Siehst du, Zbyszko? Das ist die Tante Tastatur«, flötete sie.

So fingen die Klavierstunden an. Ich saß auf dem Drehhocker, die schweren Arme der Frau Buyno schwebten über meinem Kopf, und der scharfe Geruch ihres Schweißes ließ mich schwindelig werden. Ich hörte zu, wie sie erklärte, dass die weißen Tasten Kätzchen seien, und die schwarzen wiederum Mäuse – wir sollten sie zum Spielen bringen, sie sollen hintereinander herlaufen ...

»Gib mir deine Hände!«, befahl die Klavierlehrerin und nahm meine Hände in die ihren. Dann fing sie an, sie auf der Tastatur zu drapieren, so dass jeder Finger im richtigen Winkel auflag.

»Die Ellbogen näher am Köhrper, näher am Köhrper!«, mit ihrer affektierten Stimme sprach sie es »Köhrper« aus, während sie meine Stellung am Instrument korrigierte. »Zbyszko, verstehst du, was ich sage?«

Schon in der zweiten Unterrichtsstunde bekam ich Nasenbluten. In der dritten ebenso. Die Tonfolgen, die Passagen, die Etüden, es langweilte mich alles dermaßen ... Ich übte während der Woche kaum, vernachlässigte das Spielen, bis meine Mutter endlich zu der Einsicht kam, dass es wohl keinen Sinn habe, meinen Klavierunterricht fortzusetzen.

»Es ist sowieso nicht gesagt, ob er in Zukunft ein richtiger Klavierspieler werden könnte, aber so hat er wenigstens ein bisschen musikalische Ausbildung mitbekommen, das ist das Wichtigste«, erklärte sie es vor der versammelten Sippe.

Einige Monate später hatte sie wieder eine neue Idee, in welche Richtung ich gehen sollte.

Ich sollte Sprecher werden. Vor dem Krieg, noch als junges Mädchen, nahm meine Mutter an mehreren Rezitations-Wettbewerben teil und einmal bekam sie sogar den dritten Preis. Sie hatte das Gedicht ›Die zwei Winde‹ von Julian Tuwim vorgetragen, den sie – nach Kazimierz Wierzyński – von den lebenden polnischen Dichtern am meisten schätzte.

»Ich stand auf der Bühne, mittendrin«, erzählte sie, »und

Julian Tuwim saß im Publikum, in der ersten Reihe. Und hinterher hat er mir drei Mal die Hand geküsst, drei Mal! ›Frau Janka‹, hat er gesagt, ›Frau Janka, Sie haben ein seltenes Talent, dieses Talent dürfen Sie nicht vergeuden, mit diesem Talent könnten Sie hoch hinaus‹ …«

Als unsere Klassenlehrerin, Frau Szalamacha, ein Programm für die Feierstunde zum Lehrertag zusammenzustellen begann, meldete mich meine Mutter sogleich zum Rezitieren eines Gedichts an – natürlich eines von Julian Tuwim. Frau Szalamacha nahm meine Anmeldung zwar an, war allerdings der Meinung, dass ein Gedicht wie ›Die zwei Winde‹ mit verteilten Rollen gesprochen werden müsse. Wenn ich den Ersten Wind sprechen sollte, müsste noch jemand die Rolle des Zweiten übernehmen.

»Was für ein Unsinn!«, ärgerte sich meine Mutter. »Was für absoluter Unsinn!«, und ging hin, um das persönlich mit Frau Szalamacha zu klären. Leider ließ sich meine Klassenlehrerin nicht umstimmen. Ich sollte während der Feierstunde ›Die zwei Winde‹ zusammen mit Marian Stępień vortragen.

»Du wirst eh viel besser sein als dieser Depp.« Meine Mutter hatte das Gedicht so aufgeteilt, dass mir der größere Teil zufiel. »Hör gut zu und sprich mir nach.«

Der erste Wind – weht sanft im Feld
Der zweite Wind – im Garten spielt
Sanft und leise, zart und prächtig
Kost er die Blätter, rauscht
Ohnmächtig …

Ich fand es irrsinnig komisch, dass meine Mutter jedes Mal das Wort »ohnmächtig« so aussprach, als ob sie selbst in Ohnmacht fallen sollte. Ich war bereit, es ihr nachzumachen, aber nur unter der Bedingung, dass sie mich während meines

Auftritts nicht ansehen dürfe. Ich versteckte mich in einer Ecke und, vor Lachen platzend, wiederholte ich hinter ihrem Rücken das gesamte Gedicht.

Am Tag vor der Feier wurde ich krank. Ich bekam eine Rachenentzündung. Eine Woche später bekam meine Mutter einen Brief von der Frau Stępień, Marians Mutter:

Das finde ich nicht gerecht, dass Sie Ihren Sohn immer so loben und ihm die größere Rolle in dem Gedicht gegeben haben. Das war ein großes Pech, dass er gerade zum Lehrertag krank geworden ist, wo Sie ihm doch ganze zwei Strophen zugeteilt haben, und von der Strophe, die der Marian aufsagen sollte, hatte er auch noch zwei Zeilen gehabt. Die sollte der Marian doch ganz aufsagen. Und ich finde das ungerecht von Ihnen, weil andere Kinder sollten auch das Recht haben, was zu sagen, und sie durften nicht. Bestimmt hätte Frau Szalamacha nichts dagegen gehabt, wenn die anderen nicht so fein gesprochen hätten wie Ihr Sohn. Die haben vielleicht keine so gute Aussprache, aber das sind Kinder in der dritten Klasse und keine Dichter.«

»Banausen!«, murmelte meine Mutter und zerriss den Brief in winzige Stücke.

8.

Lebende Bilder

Ein halbes Jahr später, während der Schulfeier am Tag der Arbeit rezitierte der beste Schüler der oberen Klassen, Tadeusz Wyszomirski aus der VII A das Gedicht ›Arbeiter‹. In einem weißen Hemd mit einem roten Bändchen unter dem gestärkten Kragen, stramm wie eine gespannte Saite, stand er auf der Bühne in der Sporthalle und sprach, sprach sehr laut und deutlich, betonte jeden Reim.

»*Wir befreien uns von unsern Fesseln,*
Mit Herzen heizen wir die Kessel!«

– schloss Wyszomirski stolz.
»Siehst du? Man muss es ihm lassen, er hat eine hervorragende Aussprache. Das könntest du doch auch!«, eiferte sich meine Mutter. »Was für ein teuflisch schönes Gedicht! Da kriegt man doch Gänsehaut, wenn man daran denkt … Herzen in Brennöfen verbrennen? Im Pech! Ich kann das Pech ja fast riechen, so wie er spricht!«
Ich stand mit Mutter und Vater in der Sporthalle, zufrieden, dass aus meinem Auftritt schon wieder nichts geworden war. Meine Rezitation war ausgefallen, weil die jüngeren Klassen diesmal lebende Bilder aufführen sollten. Eine Woche lang übten wir in Musik, in Polnisch und in der Klassenlehrerstunde mit Frau Szalamacha zusammen das lebende Bild DER POLIZIST – FREUND DER KINDER ein.

Zuerst wurde auf den Fußboden eine Straße mit weißer Kreide aufgemalt, dann der schwarz-weiße Fußgängerüberweg, dann sollten wir alle, in alphabetischer Reihenfolge (Awdjenko, Baniecka, Berbecka ...) abwechselnd das die Straße überquerende Kind darstellen, beziehungsweise den Polizisten, der darauf achten sollte, dass alles seine Ordnung hatte und die Kinder nur an der bezeichneten Stelle drübergingen. Jedes Mal, wenn ein Kind vorschriftsgemäß über die Straße ging, nickte der Polizist freundlich und zeigte ihm eine Tafel, auf der das Wort »RICHTIG!« aufgemalt war. Wenn aber ein Kind versuchte, den Zebrastreifen zu ignorieren und verbotenerweise quer über die Straße zu laufen, stellte sich ihm der Polizist prompt in den Weg und zeigte ihm die Tafel mit der Aufschrift »FALSCH!« Zwei der älteren Schüler, Zbojna und Klimkiewicz, brachten eine richtige Polizei-Trillerpfeife mit; keine Ahnung, wo sie die aufgetrieben hatten. Und wenn einer von ihnen mit dem Polizist-Spielen dran war, und eines der Kinder die Straße falsch überquerte, pfiffen sie zuerst erbarmungslos, bevor sie die »FALSCH!«-Tafel vorzeigten. Seitdem verspürte ich jedes Mal, wenn ich irgendwo eine Straße überquerte, die irrationale Angst, über meinem Kopf könnte diese entsetzliche, durchdringende Trillerpfeife losgehen.

Die Aufführung der lebenden Bilder fand weder Mutters noch Vaters Zustimmung.

»Zum Glück haben sie keine Knöllchen an euch verteilt, das hätte noch gefehlt! Was sollte das denn werden? Andererseits, ich hätte erwartet, dass du Lampenfieber hast bei deinem Auftritt ... Sag, hattest du?«, fragte mein Vater, und meine Mutter sagte mit verächtlich verzogenem Mund, dass von den Lehrern wohl keiner eine Ahnung von wirklichen lebenden Bildern hätte. Und obwohl mich Mutters Worte im ersten Moment nicht sonderlich beeindruckten, so merkte ich sie mir doch und dachte später immer wieder daran.

»Wirkliche lebende Bilder« – was konnte sie damit gemeint haben? Eines Tages beobachtete ich durch das Opernglas meiner Großmutter Stasia, wie im Hauseingang des Hauses gegenüber zwei Kohlenmänner aus Senfgläsern Schnaps tranken. Sie füllten die Gläser und neigten die Köpfe nach hinten, dann leerten sie sie in einem Schluck, und dabei sahen sie aus wie Pferde, die immer ihre Köpfe hoch werfen, wenn man an ihrem Geschirr herumzerrt. Und in dem Moment ging es mir auf: Das waren wirkliche lebende Bilder, wir waren es doch, Menschen und Tiere! Berauscht von dieser Entdeckung ging ich auf den Balkon, schaute durch das Fernglas auf die Straße hinunter und sah unendlich viele lebende Bilder: Menschen, die sich bewegten, Bilder, die vor meinen Augen entstanden und wieder verschwanden, von anderen verdrängt, wie in einem Kaleidoskop, wo durch kleine Spiegel und unzählige bunte Steinchen und Glassplitter Tausende, nein, Abermillionen Muster entstehen, jedes anders als das vorherige. Ich lag auf dem Bett, schloss die Augen, lebende Bilder kamen zu mir, waren da, im Traum; und wenn ich die Augen öffnete, konnte ich sie immer noch sehen:

– Mein Vater kommt von der Arbeit nach Hause. Er zieht seine Schuhe aus. Wirft seine Aktentasche auf die Ablage. Er hat, wie meistens, das aschgraue Jackett, das blaue Hemd, den braunen Pullover und eine Krawatte an. Das Hemd ist wohl eine Nummer zu klein – der Kragen umschließt Vaters Hals so eng, dass ihm die Adern anschwellen. Mein Vater sieht aus, als ob er gleich einen Anfall kriegen und platzen würde, er kriegt kaum Luft, schnappt danach, seine Augen quellen hervor. Er zerrt an der Krawatte, lockert den Knoten, müht sich mit dem Knopf des zu engen Kragens ab, dann kriegt er ihn endlich auf, befreit den Hals aus der unerträglichen Umklammerung, steckt sich zwei Finger hinter den

Kragen, direkt an der Kehle, dann dreht er den Kopf hin und her, mal nach rechts, dann nach links, auf seinem Gesicht der Ausdruck unendlicher, unbeschreiblicher Erleichterung.

– Meine Mutter und ich auf dem Markt. An der Stadtmauer Frauen vom Dorf, in Decken eingemummte Bäuerinnen. Sie verkaufen direkt aus ihren Weidenkörben Butter, Käse und Eier. Eine von ihnen hat gerade einen Hahn geschlachtet, neben ihr liegt sein abgetrennter Kopf mit dem roten Kamm auf einem Müllhaufen. Neben den Ständen mit Trödel ein armloser Invalide, der laut eine Vorrichtung zum Fensterputzen anpreist. Wie auf einer Staffelei hat er an Stahlstäben einen quadratischen Spiegel aufgehängt und beschmiert ihn mit einem Stück Speckschwarte, auf der noch Schweineborsten zu sehen sind. Sobald die glatte Spiegeloberfläche von einer dicken Schicht Fett bedeckt ist, feuchtet der Einarmige die Fläche mit Seifenschaum an – »Achtung, Achtung!«, ruft er und nimmt den Apparat in seine einzige Hand. »Achtung, Achtung, nun ergreifen wir den Apparat!« Der sieht wie ein großes *T* aus, an den oberen Rändern ist ein Gummistreifen angebracht. »Achtung, Achtung, Sie brauchen kein Abitur dafür!« Der Invalide drückt den Gummistreifen gegen den Spiegel, dann bewegt er den Arm auf und ab, zieht den Dreckstreifen mit dem Gummi ab. Und dann – mit einer meisterhaft gespielten Verwunderung, als ob er nicht glauben könne, was er da sieht, als ob er nicht glauben könne, dass die Spiegelung seines Gesichts so klar ist – schaut er in den Spiegel.

– Weihnachten. Wir haben Gäste. Es ist sehr laut, alle reden durcheinander. Mein Vater läuft mit einer Karaffe herum, gießt allen Zitronenschnaps nach.

»Warum esst ihr nicht?«, fragt meine Mutter, obwohl wir

alle seit Stunden essen. Ich bin gespannt, ob Onkel Tolek bei einem der Weihnachtslieder schon wieder ein Wort verändert, wie jedes Jahr. Ich kann es kaum erwarten. *»In der Nacht erklingt die Kunde ...«*, singt mein Vater, doch Onkel Tolek erzählt gerade etwas über die Juden und der Gesang bricht ab.

»Tolek, lass das«, bittet meine Mutter und zeigt in meine Richtung. »Du machst Quatsch, und er wird es noch vor anderen Leuten wiederholen.«

»In der Nacht erklingt die Kunde, Gottes Sohn ist auf der Erde, alle Engel ziehen aus ...«, singt mein Vater weiter und diesmal steht der Onkel von seinem Stuhl auf. Ich werde ganz Ohr.

»Gottes Sohn ist auf der Erde, alle Engel ziehen sich *aus!«*, schmettert mein Onkel und gibt mit seinem Schnapsglas den Takt vor.

»Tolek, Tolek ...« Meine Großmutter Stasia droht ihm mit dem Zeigefinger, der Onkel küsst ihr die Hand, singt dann noch mal, zieht das letzte Wort in die Länge, so lange er kann. Und als er nicht mehr kann, als ihm die Luft in den Lungen ausgeht, erstarrt er mit offenem Mund.

Lebende Bilder. Wirkliche lebende Bilder! Endlich! Endlich habe ich meine wahre Bestimmung erkannt. Die Welt erschien mir auf einmal in neuen Farben, bunt und unerwartet schön. Frohe Tage werden kommen, versprach ich mir. Ich werde lebende Bilder aufführen! Wirkliche lebende Bilder!, sagte ich zu mir und war auf einmal so glücklich, wie noch nie zuvor.

Obwohl niemand in meiner Familie (mit Ausnahme vielleicht von Onkel Jasio) meine Träume ernst nahm, erklärte sich meine Mutter bereit, mich bei der Brillantenen Hochzeit meiner Großeltern das erste lebende Bild aufführen zu lassen. Ich sollte damit vor allen Gästen auftreten, die zu den großen Feierlichkeiten eingeladen waren.

Die Geschichte, die ich aufzuführen gedachte, hatte sich vor dem Zweiten Weltkrieg ereignet, lange vor meiner Geburt. Meine Mutter erzählte sie mir zur Abschreckung viele Male, und jedes Mal war die Geschichte ein bisschen anders. Doch der Anfang und der Schluss blieb immer gleich: Der Bruder meiner Mutter, Onkel Roman, der seinerzeit jüngste Rechtsanwalt beim Außenministerium, hatte sich in eine fünfzehn Jahre ältere Russin verliebt, und obwohl seine Eltern damit drohten, ihn zu enterben, zog er von zu Hause aus und mit ihr zusammen. Meine Mutter war der Meinung, dass die Russin einfach eine Prostituierte war, meinen Onkel jedoch derart verzaubert hatte, dass er ihr hörig wurde. Eines Tages (nach der Version meiner Mutter: während eines Besäufnisses in einer verdächtigen Spelunke) soll sich mein Onkel Roman mit Wurstgift vergiftet und vierzig Grad Fieber bekommen haben. Die Russin und zwei Sanitäter brachten ihn schließlich im Zustand äußerster Erschöpfung und vollkommen dehydriert zu meinen Großeltern. Meine Großmutter Stasia erklärte sich bereit, ihn wieder bei sich aufzunehmen, aber der Russin, der sagte sie nur zwei Worte und zeigte ihr die Tür. Dabei soll diese sich noch unverschämterweise in die Wohnung hineingedrängt haben, als ob gar nichts gewesen wäre – meinte meine Mutter. Nur zwei Worte habe ihr die Großmutter gesagt ...

»Nur zwei Worte?«, versicherte ich mich. »Mehr nicht?«

»Nichts mehr«, antwortete meine Mutter immer. »Und das hat zum Glück gereicht.«

Ich stellte mir diese Szene immer wieder vor, immer wieder, wie in einer Filmschleife. Lag Onkel Roman in seiner kompletten Kleidung auf der Trage? Hat die Russin geweint? Tat sie denn keinem leid? Was muss das doch für ein wunderbares lebendes Bild abgegeben haben! Ich fing an, mich für meine Aufführung vorzubereiten. Eigentlich hätten drei Personen in dem Bild auftreten müssen; nach einer gewissen Überlegung kam ich jedoch zu dem Schluss, dass der kranke, dehydrierte, puppenhaft starre Onkel Roman genauso gut vom Kopfteil von Großvaters Ottomane dargestellt werden konnte. Meine beste Freundin aus der Schule, die Chinesin Tsu, erklärte sich bereit, die Russin zu spielen. Meine Großmutter wollte ich selbst sein.

»Ich habe gehört, du willst Theater machen«, sprach mich mein Onkel Jasio an. Vor einer Stunde war er gekommen und schon war der Aschenbecher, der vor ihm auf dem Tisch stand, voller Kippen. Seit sich der Onkel die Speicheldrüse ruiniert hatte, hat er aufgehört zu trinken, dafür aber rauchte er jeden Tag mindestens sechzig *Extra Stark*.

»Nein, Onkel, kein Theater«, verneinte ich. »Ich will lebende Bilder machen.«

»Das heißt … wie denn nun? Kein Theater? Du willst also Pantomime machen?« Onkel Jasio war verwirrt.

»Was ist Pantonime?« Jetzt verstand ich ihn nicht.

»Nicht Pantonime: Pantomime. Wie soll ich dir das am einfachsten erklären, mein Lieber …?« Onkel Jasio drückte die eine Zigarette im Aschenbecher aus und fingerte gleich eine weitere aus der Packung. »Pantomime, das ist Theater ohne Worte. Wo man eben nichts spricht.«

»Ich muss aber zwei Worte sagen, Onkel. Nur zwei.«

»Zwei Worte wären schon zwei zu viel. In der Pantomime darf man kein einziges sagen.«

»Ich will doch aber gar keine Pantomime machen! Ich will lebende Bilder machen!«, wiederholte ich stur.

»Ja, bittschön, wie du meinst«, zeigte sich Onkel Jasio einverstanden. »Mach, was dir Spaß macht. Aber was soll da drauf sein, auf deinen lebenden Bildern?«

»Na, wir. Oma Stasia, Onkel Roman, das nächste Mal vielleicht du, Onkel!«

»Ich?«, meinte Onkel Jasio verwundert und sah auf seine vom Nikotin gelben Finger. »Da bin ich mal gespannt, wie du mich zeigen würdest ...«

»Ganz echt. Wie im richtigen Leben«, antwortete ich und plötzlich fiel mir auf, welchen traurigen Gesichtsausdruck Onkel Jasio hatte.

»Ganz echt, sagst du ... Na, versuch mal, mein Lieber. Ich habe es allerdings nicht hingekriegt.«

Die große Feier der Brillantenen Hochzeit meiner Großeltern war schon seit Stunden im vollen Gange. Mir war aufgefallen, dass einige der Gäste sich immer wieder verschwörerisch ansahen, auf mich zeigten, mir zuzwinkerten, als ob sie sagen wollten: »Jaja, wir wissen Bescheid, wir warten schon ...« Demnach waren sie über meinen bevorstehenden großen Auftritt schon informiert.

In der großen dreiflügeligen Tür, die von der Stube ins Esszimmer führte, hing ein Vorhang aus einem weißen Laken. Die Stühle und Hocker waren im Esszimmer wie im echten Theater in Reihen aufgestellt. Die zwei Ehrenplätze ganz vorne in der Mitte hatte ich für meine Großeltern reserviert. Die anderen wichtigen Gäste, die Eheleute Poehe, Oberst Śliwowski mit Frau und der Rechtsanwalt Krukowicz sollten neben den beiden in der ersten Reihe sitzen.

Ich zog den Vorhang zur Seite. In der Stube herrschte schummeriges Licht. In der offenen Tür prangte ein Feldbett. Darauf lag das Kopfteil von Opas Ottomane, in eine Wolldecke eingewickelt – dies sollte Onkel Roman darstellen, der nach seiner Vergiftung ohnmächtig und bewegungslos dalag. Meine Freundin Tsu stand ebenso bewegungslos am Kopfende des Bettes. Und ich, ich betrachtete die ganze Szene im eisigen Schweigen, bekleidet mit Großmutters Kleid mit Rüschenkragen, mit ihrer Bernsteinbrosche auf die Brust geheftet. Nach einer Weile machte ich die Lampe an. Blendend helles Licht unserer besten Glühbirne, so stark wie zweihundert Kerzen, erfüllte die Stube. Ich räusperte mich, und in diesem Moment (es war unser verabredetes Zeichen) machte die Chinesin Tsu, die die Russin spielte, einen Schritt nach vorne. Sie stellte sich an die imaginäre Schwelle der Wohnung meiner Großeltern. Und da streckte ich den rechten Arm aus, wies auf die Tür und sagte laut und deutlich zwei Worte:

»Hau ab!«

Das Raunen im Publikum erfüllte mich mit großer Freude. Ich drehte mich zu den Versammelten um, sah Frau Poehe an, die mir verzweifelt irgendwelche Zeichen zu geben versuchte. Ich dachte, ich solle eine Zugabe geben und sagte noch einmal, noch lauter:

»Hau ab!«

Dabei schaute ich Frau Poehe in die Augen, um die Wirkung zu verstärken.

»Was soll das denn werden?«, mein Vater sprang vom Stuhl hoch. »Was hat das zu bedeuten?«, er lief wütend auf mich zu. »Was sind das für Ausdrücke?!«

»Lass ihn, bitte, lass ihn, sonst kriegt er wieder Nasenbluten!« Meine Mutter kam mir sofort zu Hilfe. »Lass ihn doch!«

Mein Vater stolperte über das Feldbett, und das Kopfteil der Ottomane, der unselige Onkel Roman, rollte auf ihn zu. Meine Freundin Tsu machte ein Gesicht, als ob sie gleich in Tränen ausbrechen würde. Im selben Augenblick fing mein Onkel Jasio mit lautem Applaus an: »Bravo! Großartig!«, schrie er. »Die Rückkehr des verlorenen Sohnes würde ich das nennen.« Dann streckte er den Zeigefinger in meine Richtung und meinte: »Er sollte unbedingt weitermachen.«

Meine Mutter sah ihn dankbar an, ihr Gesicht leuchtete für einen Moment auf, um dann wieder seinen gewohnten Ausdruck zu finden.

In seiner Jugend versprach Onkel Jasio, ein großartiger Maler zu werden, aber er vernachlässigte seine Begabung und fing an zu trinken. Eines Tages verbrannte er alle seine Bilder, sogar das Selbstbildnis, das angeblich in der Kunstakademie hoch gelobt worden war – und seitdem arbeitete er als einfacher technischer Zeichner und kam kaum über die Runden. Konnte man so jemandem glauben? Wie konnte er wissen, welcher Weg der richtige für mich war?

9.

Meine Mutter und Charles Baudelaire

Am dritten Tag nach der Brillantenen Hochzeit meiner Großeltern verbrachte meine Mutter einen großen Teil des Tages im Schrank. Der Flurschrank war in die Wand hineingebaut und hatte kein Rückenteil. Wenn man hineinging und sich zwischen den Wintermänteln und dicken Jacken in den hinteren Teil durchgekämpft hatte, konnte man das Ohr an die Wand legen und unsere Untermieterin Frau Olczak belauschen, die im Nachbarzimmer lebte. Sie war ledig und wohnte alleine. Ich wusste nur, dass sie irgendwoher vom Land nach Warschau kam und hier niemanden hatte. Abends bekam sie neuerdings immer öfter Besuch von einem Arbeitskollegen, der angeblich Buchhalter war und von uns »der Olle« genannt wurde. Er war kleingewachsen, grau wie eine Taube, und sein rechter Fuß steckte in einem orthopädischen Schuh; er war ungefähr siebzig, und wenn man ihn mit Wanda Olczak zusammen sah, hätte man meinen können, sie wäre seine Tochter.

»So ein widerlicher oller Knilch, ekelhaft ist das. Aber nur so ein alter Furz konnte was für die übrig haben ...«, sagte meine Mutter immer mit unverhohlener Schadenfreude, doch in ihrer Stimme klang auch Beunruhigung mit. Trotz aller Abneigung – jemanden, der jeden Tag feine Anzüge trug und, eine teure Aktentasche in der Hand, mit seiner ganzen Haltung zu verstehen gab, dass er ein kompetenter, bedeutender Mensch war, so jemanden konnte sie nicht einfach ignorieren.

Jedes Mal, wenn der Olle zum Abendessen zu Frau Olczak kam und sie ihm auf ihrer kleinen Kochplatte etwas warm machte, versteckte sich meine Mutter im Wandschrank, sperrte von innen zu und lauschte. In absoluter Dunkelheit harrte sie manchmal bis zu anderthalb Stunden aus, mit dem Ohr an der kalten Wand. Ich starb jedes Mal beinahe vor Angst, dass ihr die frische Luft ausgehen würde, dass sie da zwischen den dicken Wintermänteln ersticken oder sich an den Ausdünstungen der Mottenkugeln vergiften würde.

»Ich begreife das nicht. Wie kann man so was machen?«, schimpfte mein Vater kopfschüttelnd mit meiner Mutter. »Du belauschst sie aus dem Schrank heraus! Ich kann das nicht glauben. Ist dir das nicht peinlich? Das ist doch so mies, wie kannst du dich so erniedrigen?«

»Erniedrigen? Erniedrigt bin ich schon seit was weiß ich wann!«, antwortete meine Mutter dann eiskalt. »Ich wurde bereits erniedrigt, und tiefer sinken kann ich auch nicht mehr. Was willst du mir über Erniedrigungen erzählen? Was hast du für ein Recht darauf? Jahrelang erniedrigt mich dieses Miststück, in deiner Anwesenheit, dieses Flittchen, das eigentlich zurück aufs Dorf müsste und in der Jauchegrube ersaufen. Und die quält mich seit Jahren, und du tust gar nichts dagegen, rein gar nichts ...«

»Was soll ich denn tun?«, mein Vater zuckte hilflos mit den Schultern. »Ich kann sie doch nicht umbringen. Das ist doch nicht meine Schuld, dass die bei uns einquartiert worden ist. Wir haben nun mal zu viel Wohnraum hier. Ich habe mir doch die Gesetze nicht ausgedacht. Was soll ich tun? Wir müssen es mit ihr aushalten. Jetzt, wo sie jemanden hat, zieht sie bestimmt bald aus.«

»Weißt du, was mir dein bester Freund aus der Armee über dich gesagt hat? Er meinte: ›Ich konnte Rudi schon immer gut leiden, er ist so entwaffnend naiv!« Begreifst du denn gar nichts? Die zieht hier nicht aus, eher holt sie sich irgendeinen Typen hierher. Oder wenn sie auszieht, dann besorgt sie irgendwelche Ganoven als Nachmieter, diese Freunde von ihr. Und was sollen wir dann tun? Dann haben wir für den Rest unseres Lebens keine Ruhe mehr. Ich muss doch erfahren, was die jetzt vorhat, die und ihr alter Stecher.«

Der schwere orthopädische Schuh auf dem Fuß des Ollen verfolgte mich im Schlaf. Und ich wartete darauf, dass etwas passierte – ich wusste, es musste etwas geschehen, wie im Märchen von Aladin und seiner Wunderlampe. Eines Tages machte meine Mutter unserer Untermieterin eine Szene, weil die mit ihren dreckigen Schuhen Schlamm in die Wohnung geschleppt hatte. Am Tag darauf kam der Olle zu uns und sagte zu meinem Vater: »Ich bedaure zutiefst, dass ich gestern nicht zugegen war.«

»Verzeihung?«, mein Vater hob fragend die Augenbrauen. »Ich glaube nicht, dass wir schon die Ehre hatten.«

»…aczek«, murmelte der Olle undeutlich und schleuderte einen giftigen Blick durch seine goldumrandete Brille. »Ich bedaure, gestern nicht bei der Auseinandersetzung dabei gewesen zu sein. Wäre ich dabei gewesen, ich hätte Sie, da hätte ich Sie …«

»Was wollen Sie eigentlich von mir?« Vaters Augenbrauen bewegten sich weiter aufwärts. »Was hätten Sie mich? Was denn?«

»Ich hätte Ihnen meine Boxerkünste gezeigt!« Der Olle streckte sich mit Würde. »Da wäre Ihnen Hören und Sehen vergangen.«

Mein Vater wischte seine Worte mit einer Armbewegung weg und versuchte zu lachen; es ist ihm nicht sonderlich gut gelungen.

»Papa, hast du Angst vor ihm?«, fragte ich ihn später.

»Vor wem?«, tat er ahnungslos.

»Na, vor dem Ollen.«

»Warum sollte ich Angst vor dem haben?«

»Dann sag mir mal, wer wem Dresche verpassen würde?«, fragte ich hartnäckig. »Du ihm oder er dir?«

»Dresche?« Die Augen meines Vaters wurden ganz rund. »Wovon sprichst du eigentlich?«

»Na ja, wenn du gegen ihn kämpfen würdest ...«, erklärte ich ihm, »Faustkampf, verstehst du, wenn ihr mit den Fäusten aufeinander losgehen würdet.«

»Ich? Mit Fäusten auf ihn losgehen? Was erzählst du für einen Unsinn? Was denkst du dir eigentlich?«, mein Vater sprach immer lauter. »Was redest du da? Das ist doch ein älterer Herr! Glaubst du, ich würde mich provozieren lassen, ihn zu schlagen?«

»Aber wenn er dich als Erster schlagen würde, wenn er anfangen würde? Was dann? Sag, Papa, würdest du ihn dann verdreschen?«

»Ich sagte dir, hör auf damit!«

»Würdest du ihn verdreschen?« Ich gab nicht nach.

»Jaja, verdreschen ...«, murmelte mein Vater beruhigend. Und dann fügte er hinzu:

»Ich würde ihn ordentlich verdreschen, trotz seiner ganzen ›Boxkunst‹...«

Diesen Zwischenfall habe ich lange nicht vergessen können.

Als die Siwiks aus dem Haus gegenüber auszogen, stand meine Mutter am Fenster und weinte bitterlich. Ein großer Laster mit der Aufschrift »Umzüge« kam an das Haustor angefahren, und Möbelträger in grüner Arbeitskluft schleppten die Möbel aus dem zweiten Stock und verstauten sie im Wagen. Dabei riefen sie sich dauernd unverständliche Dinge zu.

»Aaaaa ... aaa ... aaa ...«, lallte Helenka aus dem Erdgeschoss, das stumme Mädchen, und schaute entsetzt zu, wie das riesige Büfett, das die Männer mit breiten Gurten schleppten, in der Luft wackelte. Eine kleine Holzkugel, der Griff der Mitteltür, brach ab und rollte vom Bürgersteig in den Gully.

Meine Mutter stand am Fenster und kriegte sich nicht mehr ein vor Weinen. Tage und Wochen vergingen, dann Monate. Der Laster mit der Aufschrift »Umzüge« kam immer wieder, um die eine oder andere Nachbarsfamilie abzuholen – aber wegen uns kam er nie. Egal, wie sehr wir uns bemühten, wir fanden niemanden, der sich einverstanden erklärt hätte, mit uns die Wohnung zu tauschen. Wegen der Untermieterin mussten wir wohl für immer bleiben.

»Ich werde verrückt. Ihr werdet sehen, ich werde noch verrückt hier«, wiederholte meine Mutter immerzu, und immer öfter benahm sie sich auch so: als wäre sie am Rand eines Nervenzusammenbruchs.

Wenn die Untermieterin von der Arbeit nach Hause kam und sich in ihrem Zimmer einsperrte, hinterließ sie immer eine Duftspur nach Schweiß und billigem russischen Toilettenwasser, von dem mir immer schlecht wurde. Meine Mutter rannte dann durch die Wohnung, in der Hand einen Flakon mit den Resten eines französischen Parfüms. Sie versuchte diesen letzten Rest mit hektischem Sprühen noch herauszuholen, den Duft in die Luft zu schleudern. Sie wirkte wie ein Exorzist, der gegen einen mächtigen Dämon kämpft, sie rannte herum und rief durchdringend: »*Chat Noir! Chat Noir!*«

Eines Abends zog sie ihr schönstes Kleid an, stellte sich an die Tür des Zimmers der Untermieterin Olczak und begann auf Französisch zu rezitieren:

> »Oft kommt es vor, dass, um sich zu vergnügen
> Das Schiffsvolk einen Albatros ergreift,
> Den großen Vogel, der in lässigen Flügen
> Dem Schiffe folgt, das durch die Wogen streift.«

Ich verstand kein Wort, begriff aber, dass es ein sehr trauriges Gedicht sein musste, was sie da aufsagte.

> »Doch, kaum gefangen in des Fahrzeugs Engen
> Der stolze König in der Lüfte Reich,
> Lässt traurig seine mächtigen Flügel hängen
> Die, ungeschickten, langen Rudern gleich,
>
> Nun matt und jämmerlich auf dem Boden schleifen.
> Wie ist der stolze Vogel nun so zahm!
> Sie necken ihn mit ihren Tabakspfeifen,
> Verspotten seinen Gang, der schwach und lahm.«

Im Zimmer der Untermieterin hörte das Radio auf, zu spielen. Wanda Olczak bewegte sich. Durch die Milchglasscheibe ihrer Zimmertür wurde ihre große Silhouette sichtbar. Nun sprach meine Mutter in völliger Stille weiter, rezitierte die letzte Strophe aus Charles Baudelaires ›Albatros‹, eines mir bis dahin unbekannten Gedichts.

> »Der Dichter gleicht dem Wolkenfürsten droben,
> Er lacht des Schützen hoch in Sturmeswehn;
> Doch unten in des Volkes frechem Toben
> Verhindern mächtige Flügel ihn am Gehen.«

Beim Wort »marcher« verstummte meine Mutter und stand regungslos mit gesenktem Kopf bis zu dem Augenblick, als Wanda Olczak die Tür öffnete. Sie trat in den Flur, bekleidet mit einem rosafarbenen Morgenmantel aus Pique-Stoff; darunter schauten ihre nackten Beine hervor, deren Füße in fliederfarbenen Plüschpantoffeln mit Bommeln steckten.

»Bist du fertig?«, fragte sie meine Mutter.

Ich schaute meine Mutter an, sie mich. Haben wir uns beide verhört, war so etwas möglich? Noch nie hat es Wanda Olczak gewagt, sich so unverschämt aufzuführen.

»Was haben Sie gesagt?« Meine Mutter trat einen Schritt zurück. »Was haben Sie da gesagt? Könnten Sie es bitte wiederholen?«

»Ob du fertig bist, wollte ich wissen!«, meinte die Untermieterin Olczak.

»Du? DU?« Das Gesicht meiner Mutter verzerrte sich vor Wut in einer irren Grimasse. »Du hast die Stirn, mich zu duzen? Du weißt wohl nicht, mit wem du es hier zu tun hast!«

»Das weiß ich sehr gut.« Wanda Olczak lachte unverschämt auf. »Ich stehe vor dir. Und rede mit dir. Und ich sag dir was: Du kannst mich mal.«

»Du ... Du Miststück ... Du Flittchen ... Du Schwein ...!« Nach jedem Wort holte meine Mutter krampfhaft Luft.

»Schwein nennst du mich?« Wanda Olczak drehte sich plötzlich um, riss ihren Morgenmantel hoch. Darunter war sie nackt und präsentierte uns ihre üppigen weißen Hinterbacken. Meine Mutter wurde bleich wie ein Laken. Jetzt hatte ich wirklich Angst um sie.

»Rudi! Rudi!«, rief sie mit seltsamer Stimme, doch mein Vater kam ihr nicht zu Hilfe. Vielleicht war er gar nicht da?

Die Untermieterin drehte sich wieder um, ging in ihr Zimmer und schlug die Tür mit solcher Kraft zu, dass der Putz auf den Boden rieselte. Lange Zeit standen wir so da, im völligen Schweigen. Und da dachte ich, dass endlich das passiert war, was hätte passieren sollen, wie im Märchen von Aladin und der Wunderlampe.

»Was stehst du so dumm herum?«, fuhr mich Mutter an. »Geh und such deinen Vater.« Ich lief ins Esszimmer. In meinem Kopf drehte sich alles, als hätte ich mit einem Schluck den ganzen Flakon französisches Parfüm ausgetrunken. Vor Augen schwirrte mir immer noch das Bild von Wanda Olczaks nacktem weißen Hinterteil und ihren schweren Schenkeln. Es war das erste Mal, dass ich eine nackte Frau gesehen hatte.

10.

Der Mittelpfeiler

»Post!«, hörte ich eine vertraute Stimme rufen. In der Wohnung unter mir fing der Hund an zu bellen. Er bellte wie verrückt und warf sich kratzend gegen die Eingangstür.

»Die Post ist da!«, kam es wieder von unten und schließlich hörte ich, wie einer der Mieter den Postboten ins Haus ließ.

»Danke schön!!!« Jesses, warum musste er immer so brüllen! Die Schlüssel klirrten, das Schloss knarrte. Seit Jahren dieselben Geräusche, immer um dieselbe Zeit. Der Postbote öffnete den verrosteten Hauskasten, und bevor ich bis zehn zählen konnte, schlug er ihn mit Wucht wieder zu. Vielleicht kommt er hoch? Ich wartete ein wenig ab. Nein. Er blieb unten. Der Hund der Nachbarn bellte noch lauter. Ich lief die Treppe hinunter, um zu schauen, ob etwas für mich gekommen war. Ja, allerdings nur unwichtiger Kram. Ich erkannte sofort den Stempel der Gesellschaft für Polnisch-Nigerianische Freundschaft. Der ehemalige Besitzer meiner Wohnung in der Henryk-Siemiradzki-Straße bekam immer noch Post aus Lagos. Ich bewahrte die Sendungen eine Weile auf, und dann warf ich sie in den Müll. Ich hatte keinen Kontakt mehr mit dem Besitzer – obwohl ich seine aktuelle Adresse hätte herausfinden können, wenn ich mich nur bemüht hätte. Ich öffnete den Umschlag. Am kommenden Donnerstag sollte ein berühmter Professor Doktor habil. einen Vortrag über die Dialekte vergessener nigerianischer Stämme halten. Für einen Moment fand ich den Gedanken, zu dem Vortrag zu gehen, den Professor zu hören, neue Gesichter zu sehen, dann noch auf ein Glas Wein dazubleiben und mit jemandem zu plaudern, verlockend, aber dann verwarf ich die Idee; sie war absurd.

Meine Digitaluhr auf der Sony-Stereoanlage zeigte 9:20, also war es zwanzig nach acht. Ich dachte, dass es eigentlich an der Zeit wäre, die Zeit umzustellen, die Uhr endlich richtig zu stellen. Es hatte keinen Sinn, es noch weiter aufzuschieben. Um die Zeit zu verstellen, musste man nur eine Zahl in dem kleinen Fensterchen ändern. Ich war mir jedoch nicht ganz sicher, wie das ging; ich würde in die Gebrauchsanweisung schauen müssen. Als ich die Stereoanlage gekauft habe, kam die Firma Sony erst neu auf den polnischen Markt, so dass es damals die Gebrauchsanweisungen auf Englisch gab – und zusätzlich auf Japanisch, Französisch und Italienisch.

1. Press CLOCK SET.
1. Appuyer sur CLOCK SET.
1. Pressione CLOCK SET.

Ich las die Anweisung für den ersten Schritt in drei Sprachen und schaute auf die daneben abgedruckte Zeichnung eines weiblichen Zeigefingers mit einem gepflegten langen Fingernagel. Der Finger drückte auf den Knopf mit dem Aufdruck CLOCK SET. Und obwohl ich auf Japanisch kein Wort verstand, war die Anweisung sogar in dieser Sprache verständlich. So drückte ich den CLOCK-SET-Knopf und führte dann Punkt für Punkt alle Anweisungen aus. Die Zahl 9 in dem kleinen Fensterchen wurde zu einer 8, und meine Wohnung war plötzlich von der Winterzeit erfüllt. Oder von der ost-, west- oder auch mitteleuropäischen Zeit, deren richtigen Namen ich mir nicht merken konnte. Laut der Gebrauchsanweisung sollte ich noch einen letzten, fünften Befehl ausführen – wahrscheinlich genauso wichtig wie die anderen; vielleicht sogar am wichtigsten:

5. *Press MEMORY.*
5. *Appuyer sur MEMORY.*
5. *Pressione MEMORY.*

Auf dem Bild drückte der weibliche Finger auf den MEMORY-Knopf; das Wort erinnerte mich an ein altes polnisches, längst schon vergessenes *memuar*, also Tagebuch.

Tagebuch!

Ich führte den Befehl aus, öffnete dann die Schreibtisch-Schublade, um die Gebrauchsanweisung zu verstauen; dann zog ich mechanisch eine der unteren Schubladen auf. Ganz obenauf lag darin eine Pappmappe, mit einem dunkelblauen Band umwickelt. In der Mappe befand sich das Tagebuch meiner Urgroßmutter, genauer gesagt, 131 durchnummerierte Seiten, die mein Onkel Edward einst nach einer kaum noch lesbaren Handschrift abgetippt hatte. Auf der Mappe stand eine Widmung: *»Dieser Text wurde vom 29. November 1970 bis 30. Juni 1980 (vierte Version) abgetippt und der Urenkelin der Autorin mit einer tiefen Verbeugung und herzlichen Wünschen an ihrem Namenstag übergeben.«* Ich kann mich noch erinnern, wie gerührt meine Mutter war, als sie dieses Geschenk in Empfang nahm. Allerdings lehnte sie Onkel Edwards Idee ab, den Text bei einem Verlag anzubieten.

»Was für eine abgespannte Idee! Wer soll in der heutigen Zeit noch so was lesen wollen? Wer soll sich für diese alten Dinge interessieren, wenn nicht mal er es tut?« Dabei zuckte sie mit den Schultern und schaute mich mit einem vieldeutigen Blick an.

Doch Onkel Edward schüttelte nur den Kopf und meinte: »Ich wäre mir da nicht so sicher, Janka, gar nicht so sicher ...«

Das Tagebuch begann mit der Beschreibung eines Umzugs. Im Herbst 1858 zog meine Ururgroßmutter, damals ein fünfzehnjähriges Mädchen, nach dem Tod des Vaters und dem Verkauf des Familiensitzes vom Land nach Warschau, zusammen mit ihrer Mutter und den Schwestern.

»*Warschau, Warschau ... Welches ich mir doch so schön und angenehm vorgestellt habe, von welchem ich träumte, willens, wie ein Vogel den Raum zu durchqueren, der mich von der Hauptstadt trennte ... Auf dem Land war Mutter immer voller Sorgen, mit dem Hof beschäftigt, nie besuchte uns jemand, nie lernten wir jemanden kennen; manchmal kamen nur Bekannte vorbei. Und in Warschau, da, da wohnen doch Onkel und Tanten und unsere Cousinen und Cousins, ach, wird das Leben dort nicht viel fröhlicher werden?*
Und endlich – nach zwei Tagen beschwerlicher Reise erreichten wir die Aleje Jerozolimskie; mein Herz schlug heftig, mich drängte, meine Lieben zu sehen, und die Pferde stapften doch so langsam ...«

Beim ersten Mal habe ich das Tagebuch nicht mal bis zur Hälfte durchgelesen. Schon nach einem Dutzend Seiten war ich von der Beschreibung des Familienlebens (Taufen, Namenstage, Geburtstage, Familienfeiern, Besuche ...) derart angeödet, dass ich stecken blieb und nicht weiterkam. Ich blätterte vor, bis ich im Jahr 1862 war, denn damals herrschte in Warschau auf Befehl des zaristischen Statthalters der Ausnahmezustand.

»*Der Karneval geht schon elf Tage. Doch Warschau ist so ruhig, so still. Niemand feiert, denn wie soll man feiern, wenn die Zitadellen voll mit Gefangenen sind? Was sind das nur für Zeiten ... Jeden Tag werden Menschen verhaftet ...*«

(...)
»Wir sind in Sorge um unseren Kredit, wenn wir keinen bekommen, da graut es mir davor; was soll dann nur werden? Unser mageres Einkommen reicht ja kaum für das Nötigste. Jedes Quartal haben wir Schulden – die wir im neuen Quartal zwar immer abbezahlt hatten, doch dann anschließend wieder einen neuen Kredit aufnehmen mussten ...«
(...)
»Als ich die Wochenschrift durchblätterte, die meine Mutter abonniert hat, fand ich darin nur mittelmäßige Poesie. Doch ich weiß nicht warum, ein Gedicht, das brannte sich in mein Gedächtnis, und das wiederhole ich seitdem:
Stille nach dem Sturm
Sturm nach der Stille
Kommen und gehen
Das ist Gottes Wille.«
(...)
»Welches Unglück! Włodek wurde verhaftet! Die Gendarmen haben ihn in die Modlin-Festung gebracht. Angeblich ist es dort nicht gar so schlimm wie in der Zitadelle, doch manche sagen, auch wenn er nun freigelassen werden sollte, wird er wieder eingezogen und darf nicht weiter zur Akademie ...«
(...)
»Gegen sechs Uhr am Abend sammelte sich das Volk um die Figur der Mutter Gottes, die Leute haben Kerzen angezündet, fielen auf die Knie, alle wie ein Mann, und sangen und beteten.«
(...)
»Die Kirchen wurden geschlossen. Der Priester Białobrzeski wurde zu einem Jahr Festungshaft verurteilt. Erzbischof soll nun Feliński werden, der den päpstlichen Segen schon empfangen hat.«
(...)
»Gestern hat uns Frau Wejcenblut besucht, derer Sohn zusam-

men mit unserem Włodek einsitzt. Sie sagte, man könnte wohl doch nicht nach Modlin fahren, es soll da Schwierigkeiten geben, Pässe werden nicht ausgestellt, der Statthalter verweigere seine Zustimmung.«

(...)

»Man erzählt sich die folgende Begebenheit: Als der Priester Białobrzeski fortgeführt wurde, weinten alle schlimm, und da drehte er sich zu den Gläubigen um und sagte: ›Weint nicht, denn wenn ein Gendarm einen Priester begleitet, gibt es doch Hoffnung, dass dieser zurückkehrt – aber wenn ein Priester einen Gendarmen begleitet, kommt dieser nie wieder!‹«

(...)

»Ohne die Zustimmung des zaristischen Statthalters darf man keinen der Gefangenen sehen; und weil die Audienz bei ihm nur einmal in der Woche, am Samstag, stattfindet, ging Mutter zur Burg. Doch es ist ihr ausgerichtet worden, der Statthalter sei weggefahren, und man könne den Antrag nur schriftlich abgeben.«

(...)

»Die Kirchen wurden wieder geöffnet, aber ich war erst einmal wieder zur Messe, denn man sagt sich, dass auch viele Polizisten da hingingen – deswegen kommen nicht viele, um das Wort Gottes anzuhören.«

(...)

»Aus Anlass der Krönung erwartete man allerorts neue Vergünstigungen; und welche gibt es jetzt schon – wieder darf man ohne Laternen bis elf Uhr abends draußen sein! Sollte es weitere Vergünstigungen dieser Art geben, wird wohl niemand in Zweifel stellen wollen, dass unser hoher Herr der edelste und beste ist, um das Wohl seiner Untertanen stets besorgt ...«

(...)

»Bei der Finanzkommission: eines Morgens, es ist noch kalt, und die gerade angekommenen Beamten müssen erst die Öfen

anheizen, kommt der Hausmeister angerannt mit der Kunde, der Oberpolizeimeister sei unterwegs, und mit ihm bewaffnete Soldaten, sicherlich für eine Durchsuchung. Da springen die Beamten auf und jeder durchstöbert seinen Schreibtisch und wirft alle verdächtigen Papiere in den Ofen.
›Arbeitet hier ein Herr B. ?‹, fragt der Oberpolizeimeister.
›Nein, Herr Oberpolizeimeister, der Herr B. arbeitet im Nachbarraum‹, antwortet der besagte Herr B. Der Polizist geht weiter, sieht einen Mantel, der über einem Stuhl hängt.
›Und wessen Mantel ist das ?‹, will er wissen.
›Des Herrn B.‹, antwortet jemand anderer. Der Oberpolizeimeister nimmt den Mantel, durchsucht die Taschen und findet schließlich in der dritten ein Blatt Papier. Er faltet es auseinander und liest Der Entwurf einer neuen Polnischen Republik.«
(…)
»Nichts besonderes, dieses Gekritzel. Ich habe meine Notizen der letzten Jahre durchgelesen und der einzige Satz, der mir gefallen hat, war: ›Włodek ist irgendwie traurig heute; Napoleon ist in Warschau – auf der Weichsel wird eine neue Brücke errichtet.‹«

Als ich dreizehn Jahre nach der ersten Lektüre das Tagebuch wiederfand, während ich nach ihrem Tod die Papiere meiner Mutter ordnete, las ich es noch einmal, diesmal ganz. Und nun fand ich es viel interessanter als beim ersten Mal. Meine Urururgroßmutter war in ihren Vetter Włodek verliebt, einen Studenten der Medizinisch-Chirurgischen Akademie, der am Tag des Attentats auf den zaristischen Statthalter spurlos verschwand. Am faszinierendsten fand ich, dass die Geschichte dieser unglücklichen Liebe der beiden auf eine ganz geheimnisvolle Weise mit der Geschichte der Brücke verknüpft war, die damals über die Weichsel gebaut wurde. Diese Brücke, vom Ingenieur Stanisław Kierbedź entworfen, wurde anfangs sehr rasch gebaut, und bevor der Ausbruch des Januaraufstands 1863 die Arbeiten unterbrach, hat sich meine Urururgroßmutter weissagen lassen, sie würde für immer und ewig mit ihrem Liebsten vereint werden, sobald die Brücke fertig sein würde.

Das Tagebuch endete mit der Beschreibung eines Traumes. Meine Urururgroßmutter träumte, dass Włodek nach dem Attentat auf den zaristischen Beamten in seiner Wohnung an der Krakowskie Przedmieście verhaftet wurde. Nachts ist er von den Gendarmen zu der Baustelle hingeschleppt und in den Mittelpfeiler der Brücke eingemauert worden.

»*Der Traum war entsetzlich!*«, las ich die letzten Sätze des Tagebuchs. »*Ich schreckte schweißgebadet und mit einem Aufschrei auf. Ich setzte mich in meinem Bett auf und dachte, ›Lieber Gott, könnte es denn wahr sein?‹ ›Ja‹, antwortete etwas in mir drin. ›Er ist dort, er ist in die Brücke eingemauert...‹*«

Als ich die Kopien noch mal durchsah, fiel mir etwas auf. Es war auf keinen Fall möglich, dass es die vierte Version eines Typoskriptes von Onkel Edward war. Der Text war auf der mir so gut bekannten alten deutschen Schreibmaschine der Marke »Rheinmetall« mit ihrem schadhaften Transportmechanismus und der kaputten »*a*«-Taste abgetippt worden. Die sich auf jeder Seite wiederholenden typischen Fehler bewiesen mir das.

Und nicht einmal für einen Moment war ich der Meinung, dass meine Mutter lediglich eine extra Kopie von Onkel Edwards Text für sich angefertigt hatte. Ich hatte die Ahnung, dass sie eher, auf dem Tagebuch basierend, eine Art Apokryph verfasst haben musste, eine eigene, teilweise erfundene oder gar gänzlich ersponnene Version der Ereignisse, die meine Urururgroßmutter aufgeschrieben hat.

Hat sie das wirklich getan? Und wenn ja, aus welchem Grund? Was wollte sie denn geheim halten? Wovor hatte sie Angst?

11.

Leere Kalender

An dem alten Mietshaus gegenüber blubberte der Betonmischer, spuckte immer wieder das eine Wort aus: *B-l, b-l, b-l* ... Der Weichselsand wurde mit Wasser und Portland-Zement vermischt, *B-lal, b-lal, b-lal* ... Ich schaute aus dem Fenster. Eine Leiter stand an die Figur der Mutter Gottes gelehnt. Der Arbeiter, der den Betonmischer bediente, kletterte darauf, zog aus der Innentasche seines Arbeitsanzugs einen schwarzen Müllbeutel heraus, stülpte ihn der Figur über den Kopf, zog den Müllbeutel hinunter, bis er die ganze Gestalt der Mutter Gottes bedeckte und band schließlich eine Schnur darum. In der grauen Luft zwischen den nackten Ästen des Walnussbaumes sah die Mutter Gottes aus wie ein im Krieg getöteter Mensch, der bald in einem Massengrab verscharrt werden soll.

Ich musste bald aus dem Haus gehen, um meinen Vater rechtzeitig abzuholen. Die Digitaluhr auf der Sony-Stereoanlage zeigte nun 9 : 40; die richtige Zeit.

Ich habe überlegt, dass mein Vater sicherlich sehr viele Blumen zum Abschied bekommen würde. Es war doch eine ganz besondere, einmalige Gelegenheit; und er bekam schon zum Namenstag jedes Jahr so viele Rosen, Nelken, Tulpen und Gerberas, dass nicht einmal die zahllosen Vasen meiner Mutter sie alle zu fassen imstande waren. Meine Mutter war immer schrecklich eifersüchtig auf diese Blumen, die mein Vater von seinen Mitarbeiterinnen aus dem Krankenhaus bekam, und obwohl sie es nie zugeben wollte, verriet sie doch ihr Gesichtsausdruck. Sie hat nie solche Mengen an Blumen bekommen, nicht einmal zu der Zeit, als sie die private Kindertagesstätte geleitet hat.

Mein Vater schenkte ihr jedes Jahr zum Hochzeitstag am 19. Januar ein Alpenveilchen in einem mit weißem Krepp umwickelten Blumentopf. In einem Jahr brachte er aber die Tage durcheinander (vielleicht hat er einfach zu spät daran gedacht), und obwohl er noch schnell das Alpenveilchen aus dem Blumenladen um die Ecke besorgt hatte, rächte sich meine Mutter, indem sie die unselige Pflanze auf den Balkon stellte, im Januar. Nachts kam ein starker Frost auf, und das unverwüstliche Alpenveilchen ging ein.

Ich nahm meine besten Schuhe aus dem Schrank – schwarze Halbschuhe der Firma »Ravel«, die ich einst für vierzig Pfund in London gekauft hatte. Ich bewahrte sie ausschließlich für besondere Gelegenheiten auf, daher dienten sie mir schon seit elf Jahren. Schuhe ordentlich putzen! Nicht zu spät kommen! Das war doch das Einzige, was mein Vater von mir erwartete. Ich begann, die Schuhe zu säubern. In diesem Winter bin ich in den englischen Schuhen nur einmal aus dem Haus gegangen, aber das Salz aus dem tauenden Schnee hat es doch geschafft, das feine Leder anzugreifen. Mit weißen Schlieren sahen die Schuhe wirklich schlimm aus. Wenn mein Vater einen Schuh in die Hand nahm, wog er ihn stets zuerst in der Hand, dann drehte er ihn um und klopfte mit dem Knöchel des rechten Zeigefingers drei Mal gegen die Sohle. Wie sehr ich ihm ähnelte, merkte ich erst, als ich es jetzt unbewusst genauso tat. Bedenklich, bedenklich …

Die Blechdose mit der schwarzen Schuhcreme der Marke »Kiwi« hatte wohl lange Zeit nicht richtig verschlossen im Schrank gelegen, denn die Paste war vertrocknet und so hart, dass ich sie nicht auf die Schuhbürste kriegte. Einige Krümel fielen auf den Boden und verschmierten, als ich versuchte, sie aufzuwischen. Mir fiel ein, dass ich in der Truhe auf dem Balkon noch eine Dose Schuhcreme haben musste, die vermutlich noch gut war. Die Truhe hatte ich einst auf einem Flohmarkt erstanden, kurz nach dem Umzug in die Henryk-Siemiradzki-Straße. Der Mann, der mit alten Möbeln aus den Westgebieten handelte, hatte keine Ahnung, wem sie zuvor gehört haben konnte. Er zeigte mir lediglich, dass die Truhe innen drin ein Versteck für Dokumente hatte, und dass noch einige alte Weihnachtskarten drinlagen. Diese Karten hatte auf Deutsch eine Frau namens Hannah geschrieben, an einen Konrad Hintz. Als ich bemerkte, dass der Empfänger denselben Nachnamen wie ich hatte, beschloss ich, die Truhe zu erwerben und kaufte sie, ohne sonderlich zu feilschen. War es eine Fügung? Konrad Hintz ... hätte es ein entfernter Verwandter sein können? Mein Vater hat nie von seiner Familie erzählt; oder vielleicht habe ich auch nie zuhören wollen ...

Ich ging auf den Balkon. Erst ließ sich die Truhe nicht öffnen, der Riegel war in der eisigen Luft an den Krampen festgefroren, aber nachdem ich einige Male daran geruckelt hatte, gab das rostige Metall nach. Ich hob den schweren Deckel und erstarrte. Ganz oben in der Truhe lagen meine alten Taschenkalender, Dutzende von Taschenkalendern, wild durcheinander. Wie viele konnten es sein? Im ersten Moment hatte ich den Eindruck, dass es unzählige waren, eine unendliche Menge, und wenn ich meine Arme in die Truhe tauchte, wären sie bis zu den Ellbogen davon bedeckt. Ich habe nie alte Kalender weggeworfen, und obwohl mich die alten Dinger manchmal ärgerten, konnte ich sie nicht einmal damals, bei dem Umzug in die Henryk-Siemiradzki-Straße, wegwerfen.

Seit ich denken kann, fanden wir immer unsere Lieblingskalender unter dem Weihnachtsbaum. Mein Großvater bekam stets den Wandkalender des Verlages »Buch und Wissen«, von dem er dann das ganze Jahr lang jeden Tag ein Blatt abriss. Und ich habe jeden Tag mit mir selbst gewettet, ob er das jeweilige Blatt aufheben, oder zu einer kleinen Papierkugel zerknüllt in den Mülleimer werfen würde. Der Kalender enthielt Informationen über die Lebensläufe wichtiger kommunistischer Kämpfer und Anführer, erinnerte an Jahrestage aus der Geschichte der Arbeiterbewegung in Polen und auf der ganzen Welt, doch an den Tagen, wenn nichts Derartiges anstand, waren meist Kochrezepte abgedruckt. Diese sammelte mein Großvater dann für meine Großmutter Stasia – Kochrezepte, und manchmal auch Haushaltstipps, wie man einen Fleck aus Seide entfernen konnte, einen Maulwurf im Schrebergarten loswurde oder einen hineingedrückten Korken aus einer Flasche wieder herausbekam.

Meine Mutter mochte die winzigen Taschenkalender der Marke »Orbis« am liebsten, weil sie wenig Platz in der Handtasche einnahmen. Jedes Jahr füllte sie sorgfältig alle Rubriken auf der ersten Seite aus: *Name des Besitzers, Adresse, Telefon, Blutgruppe.* Irgendwann ist mir aufgefallen, dass sie stets eine Rubrik ausließ: *Bei Unfall benachrichtigen.* Und dann merkte ich auch, dass sie jedes Jahr in ihrem Kalender zwei Daten besonders hervorhob, mit winzigen Zeichen, von denen das eine wie ein Ausrufezeichen, und das andere wie ein kleines Kreuz aussah. Das Ausrufezeichen tauchte immer irgendwo im Juni auf, und das Kreuz beim Datum des 12. Septembers. Kurz vor ihrem Tod hat mir meine Mutter dann erzählt, dass der Mann, den sie geliebt hatte, eben an einem 12. September von den Deutschen ermordet worden war.

Mein Lieblingskalender wiederum war der Taschen-Terminplaner des Verlags »Haus des Buches«. Es war ein richtiges kleines Wissenskompendium, und die Menge und Vielfalt an Wissen, die darin enthalten waren, empfand ich als berauschend. Das griechische Alphabet. Das Periodensystem. Der Jahrhundertkalender. Tabelle der trigonometrischen Funktionen. Verzeichnis der wichtigsten Kulturdenkmäler. Porto-Übersicht. Zugverbindungen der Großstädte. Verzeichnis der Korrekturzeichen. Größen der Drucktypen. Tabellen der Währungen mit durchschnittlichen Umrechnungskursen. Internationale Bridge-Regeln. Kalender der Schonzeiten. Verzeichnis aller Ozeane und Meere. Basiswissen über das Sonnensystem. Das Wissen über die ganze Welt ...

Ich habe einst in den Tabellen des Hundertjährigen Kalenders nachgeschaut, ob ich tatsächlich an einem Freitag geboren wurde, wie meine Mutter es immer erzählt hatte – und es stellte sich heraus, dass sie Recht hatte. Mit diesen Tabellen konnte man jedem beliebigen Datum einen Wochentag zuordnen; so konnte ich nachrechnen, auf welchen Wochentag der erste Januar des Jahres 2000 fallen würde – ein noch so weit entferntes Datum, dass ich mir nicht vorstellen konnte, es je zu erleben.

Ich holte nacheinander alle Kalender aus der Truhe, brachte sie in mein Wohnzimmer und sortierte sie nach Jahrgängen. Dabei blätterte ich rasch jeden einzelnen durch. Es waren insgesamt fünfunddreißig Kalender. Der älteste davon war aus dem Jahr 1961. Da war ich zehn Jahre alt geworden. Meine große Leidenschaft war damals das Angeln, und ich notierte mir alles, was damit zusammenhing. Nach jedem Angelausflug schrieb ich mir laut Empfehlungen der Angelfachbücher alles auf: den Namen des Angelgrundes, die Wetterverhältnisse, die Angelmethode, die Art des Köders, Anzahl der gefangenen Fische, andere Beobachtungen und Anmerkungen.

Die Notiz vom 17. Juli 1961:
»Der Fluss: die Weichsel (566 Kilometer von der Quelle).
Wetterverhältnisse: wolkenlos, windstill.
Lufttemperatur 30 Grad Celsius. Luftdruck 990 Hektopascal.
Ausrüstung: Schwimmer, Grundangel.
Köder: Fliegenlarven, Paste aus Kartoffeln und Weizenbrot.
Gefangene Fische: Null.
Sehr niedriger Wasserstand. Weichsel ausgetrocknet.«

Dann der Kalender von 1995. Ich, vierundvierzig Jahre alt, diesmal von einer anderen Leidenschaft besessen: Wertpapiere. Notizen nach jeder Transaktion: Kauf, Verkauf, Aktien, Anzahl, Kurs, Provision, Verlust, Gewinn.

Die Notiz vom 21. Oktober 1995:
»Kauf: BANK HANDLOWY, 50 Stück zu 247 Złoty.
Provision: 100 Złoty.
Verkauf: RAFAKO, 300 Stück je 25 Złoty.
Provision: 120 Złoty. Gewinn: 370 Złoty.«

In den meisten Kalendern fanden sich viele leere Blätter. Manchmal tauchte alle paar Wochen oder Monate ein Name, eine Adresse, eine Telefonnummer auf, oder ein paar Worte, die mir nach langen Jahren gar nichts mehr sagten. Doch eine Notiz wusste ich noch genau: die von Mitte Dezember 1981. Kriegszustand. Ich war dreißig damals.

»Barfuß und auf Knien!« – Mutter hingerissen!«

In den ersten Tagen des Kriegszustandes hatte Erzbischof Glemp, der Primas von Polen, in einer Warschauer Kirche eine Predigt gehalten, die meine Mutter sehr beeindruckt hatte. Den Text hatte ich auf einem illegal kopierten Faltblatt auf der Straße gefunden. Der Druck war so dünn, dass meine Mutter sogar mit Brille Mühe hatte, den Text zu entziffern. Zwar hat sie die Predigt schon zuvor im *Radio Free Europe* gehört, bat mich aber trotzdem, sie ihr noch mal vorzutragen:

»*Liebe Brüder und Schwestern in Christo!*
Der sogenannte Kriegszustand hat uns heute früh überrascht. Heute Abend müssen wir feststellen, dass es etwas sehr Bedrohliches ist. So fragen wir: Was wird kommen? Was wird morgen geschehen? Wie sollen wir uns verhalten?
Mit Demut müssen wir einsehen, dass nur Gott der Herr über unsere Zeit ist, dass nur er wissen kann, was mit jedem von uns in einem Tag, in einer Woche, in einem Jahr geschehen wird.
Der Kriegszustand ist ein Zustand verschärfter neuer Gesetze, die sich gegen die bisherigen Freiheiten der polnischen Bürger richten. Widerstand gegen die Staatsgewalt kann zu gewaltsamer Erzwingung des Gehorsams führen, bis hin zum Blutvergießen ...«

»Weiter, weiter, lass das mit dem Blutvergießen aus, ich will hören, wie er das mit ›*barfuß und auf Knien*‹ sagt!«, befahl meine Mutter aufgeregt.

»Ja, warte, Mama, das kommt doch gleich ...«

Der Teil, auf den sie so ungeduldig wartete, fing folgendermaßen an:

»*Die Kirche wird jedes Leben beschützen. Und somit will sie im Kriegszustand, wo sie nur kann, gegen den Bruderkrieg eintreten. Es gibt keinen größeren Wert als das menschliche Leben. Deswegen werde ich um Vernunft beten, werde danach schreien, auch wenn es bedeuten sollte, dass ich mich erniedrigen muss. Auch wenn ich barfuß und auf Knien gehen sollte, ich werde betteln: Kämpft nicht Pole gegen Pole, nicht gegen eure eigenen Brüder!*«

»Und weißt du, Mama, was Kuroń geschrieben hat?« fragte ich und legte das Flugblatt mit der Predigt weg. »Er hat geschrieben, dass man nicht mehr warten könne, dass man einen polnischen Volksaufstand vorbereiten müsse.«

»Kuroń kann das nicht geschrieben haben, es ist vollkommen ausgeschlossen«, stellte meine Mutter fest.

»Und warum nicht?«, ich zog aus der Tasche die neueste Ausgabe der Untergrundschrift *Wochenzeitung für Masowien* heraus, mit einem aus dem Gefängnis in Białołęka geschmuggelten Brief des Oppositionsaktivisten Jacek Kuroń.

»Warum soll er das nicht geschrieben haben? Er hat es eben nicht mehr ausgehalten! Er hat auch keine Nerven aus Stahl! Hör doch mal ...«, rief ich.

»Während langer Jahre meiner oppositionellen Tätigkeit war ich gegen jegliche Art von Gewalt. Nun aber sehe ich mich in der Pflicht, meine Stimme zu erheben und zu verkünden, dass ich einen allgemeinen Aufstand gegen die kommunistische Herrschaft als das kleinere Übel betrachte.«

»Jesus und Maria!«, rief meine Mutter und griff sich an die Stirn. »Das kann ich nicht glauben! Vielleicht ist es eine Fälschung?«

Das war 1981. Bis zum Ende des Jahres nur noch weiße leere Blätter.

Ich erinnerte mich plötzlich an ein Gedicht über leere Kalender, die ein alter Mann sorgsam aufhebt, obwohl er weiß, dass er bald sterben wird:

> *»wie leere patronenhülsen*
> *wie eine absurde krankheit*
> *wie das tagebuch des pogroms ...«*

Ich ging zurück auf den Balkon, suchte noch einmal die Truhe nach der Schuhcreme der Marke »Kiwi« durch, und dann warf ich die alten Kalender wieder hinein und klappte den Deckel der Truhe zu.

Die Digitaluhr auf der Sony-Stereoanlage zeigte 10:20. Ich durfte nicht zu spät kommen. Schuhe putzen! Ich musste mich beeilen.

12.

Der Sonnengott

Der Frost hatte nachgelassen. Das Thermometer hinter dem Küchenfenster zeigte minus fünf Grad. Von dem wolkenlosen Himmel strahlte die Sonne wie mitten im Sommer herunter. Ich erinnerte mich daran, was für ein Sonnenanbeter mein Vater doch war, der das ganze Jahr über nicht den dünnsten Sonnenstrahl verpasste. Er war das ganze Jahr über braun.

»Herr Rudi, wie machen Sie das bloß?«, fragten die Nachbarinnen, die umsonst ihre blassen Körper der Sonne entgegenstreckten. Daraufhin antwortete meine Mutter immer, Vater würde sich im Krankenhaus heimlich unter der Quarzlampe bräunen, das sei das ganze Geheimnis.

»Ich? Unter der Quarzlampe? Was für ein Unsinn ...«, ärgerte sich mein Vater daraufhin und erklärte, er habe nun mal einen dunklen Teint, bei Menschen mit starker Pigmentierung würde sich die Bräune eben lange halten. Andererseits: Jedes Jahr, wenn es wieder ans Bräunen ging, widmete er sich dem Prozedere mit besonderer Hingabe und führte alle damit verbundene Tätigkeiten mit einer Pedanterie aus, die beinahe schon etwas Manisches hatte.

An jedem sonnigen Sonntag, pünktlich um zwölf Uhr mittags, öffnete mein Vater das Südfenster im Wohnzimmer; dann zog er sich bis auf die Badehose aus, rieb sich sorgfältig mit Babyöl ein, setzte sich auf das Fensterbrett und begann – mit seiner Armbanduhr in der Hand – mit dem Bräunen.

Dabei wechselte er nach einem Blick auf die Uhr alle zehn Minuten seine Stellung, und das alles so lange, bis die Sonne hinter dem Nachbarhaus unterging.

Mein Vater benutzte Babyöl ... sonderbar. Doch nach seiner Meinung war es das Allerbeste zum Bräunen, nicht einmal Kakaobutter war so gut.

In jenem Jahr wurde ein Jahrhundertsommer angekündigt, und das sonnige Hoch von den Azoren wanderte schon im Mai nach Polen und blieb beharrlich.

Mitte Juli sollte ich wie immer mit meinem Vater in Urlaub fahren. Fünfzehn Jahre hintereinander bin ich mit ihm an denselben Ort gefahren – an die Weichsel (566 Kilometer von der Quelle), in das Ferienhaus der Mitarbeiter des Gesundheitswesens. In der Nähe eines Dorfes, dessen Name so anrüchig klang, dass wir ihn sogar untereinander nicht aussprachen. Das erste Mal ist Mutter noch mitgekommen, doch schon nach ein paar Tagen wurde klar, dass sie es dort nicht aushalten würde. Alles irritierte sie: das Essen, die anderen Urlauber, die Mücken, die Motten am Lagerfeuer, das knarrende Bett, die alte Blechschüssel statt eines Waschbeckens, der dünne Oolong-Tee, und die billigen Teelöffel.

»Verzeih mir bitte, aber unter solchen Bedingungen kann ich nicht entspannen«, wiederholte sie immer wieder. »Wo hast du uns bloß hingeschleppt? Dreck, Gestank, Durchfallgefahr, ich weiß wirklich nicht ...«

»Ach, dummes Gerede!«, winkte mein Vater ab. »Einen Luxus-Kurort kann ich mir eben nicht leisten. Was verlangst du für das Geld? Hier ist es doch gar nicht so schlecht. Frische Luft, Ruhe, Wasser. Ideale Möglichkeiten zur Erholung! Wir haben Glück, dass wir überhaupt drei Plätze ergattert haben, es gab so viele Interessenten. Nächstes Jahr werde ich die Gelegenheit vielleicht nicht mehr bekommen.«

Das behauptete er Jahr für Jahr, und dennoch gab es immer Plätze für ihn und mich, wie durch ein Wunder. Und nichts habe ich mir jeden Sommer mehr gewünscht, als mit meinem Vater an die Weichsel zu fahren, zum Angeln. Fünfzehn Jahre hintereinander fuhren wir hin, fünfzehn Mal machte ich zwei Wochen lang, von früh bis spät, nichts anderes als Angeln, Angeln, Angeln, wie besinnungslos, wie unter Hypnose. Frühstück – und ab zum Angeln. Mittagessen – und ab zum Angeln. Abendessen – und ab zum Angeln. Behängt mit der Ausrüstung ging ich jedes Mal den fichtenbewachsenen Weg hinunter zum Fluss, den ich jedes Mal mit einer pathetischen Geste begrüßte. Am Stromkilometer 566 war die Weichsel wunderschön: breit, wild und majestätisch. Ich ging stets an eine bestimmte Stelle, an der die Fische besonders gern anbissen. Und meine Hände zitterten jedes Mal, wenn ich meine Angel zusammenbaute. Der Fluss sprach ununterbrochen zu mir, während er schäumend sein Wasser führte, sagte etwas zu mir in einer geheimnisvollen Sprache – und mit Blubbern brach er sich durch die Löcher des Staudammes, der so alt war, dass er fast auseinander fiel. Alles, was ich am Tag am Flussufer erlebte, sah und hörte, kam nachts im Traum zu mir zurück: die in die Erde gesteckten Angeln, abgestützt auf Holzblöcken, die wie eine Saite gespannte Angelsehne, das Knattern des Haspelrades, schmale Schwimmer aus Pappelrinde, die Schellen an der Grundangel, die das Anbeißen des Fisches signalisieren. Nach Teer riechende Kähne, an Feldsteinen festgemacht, rote Bojen auf dem Fluss vor einer Sandbank, die Dampfer »Dzierżynski« und »Marchlewski«, mit Rädern, die während der Ausflugsfahrten das Wasser laut mahlten, Stücke vom Stacheldraht und alter Eisenschrott, der aus dem Wasser geholt wurde an den Stellen, an denen die Kriegsfront einmal entlanggeführt hatte, doch vor allem Barben – große, starke, unnahbare Barben, die an besonders schwülen Tagen in der

Mitte des Flusses erschienen, und mir ihre silbern glänzenden Körper zeigten. Sie sprangen aus dem Wasser mit einem Laut, der mich an das Flattern auffliegender Rebhühner erinnerte ...

Manchmal gaben wir die Fische, die wir gefangen hatten, einer Frau aus dem Dorf, die in dem Arbeiterhotel, in dem wir untergebracht waren, als Spülhilfe arbeitete. Die Frau war stumm seit ihrer Geburt, aber sie verstand doch alles, was man zu ihr sagte. Immer wieder gingen wir mit einer Netztasche voller Plötzen, Karpfen und Barsche die kleine Treppe hinunter, in die Kellerräume, die vom Geruch nach eingelegten Gurken, nach Sauerkraut und Feuchtigkeit erfüllt waren. Die Stumme begrüßte uns mit einem freudigen »Aaa, aaa, aaa!«, an einem riesigen Spülstein über einem Haufen dreckiger Teller und Töpfe stehend, dann wischte sie sich die Hände an der Schürze ab und rieb sich vor Freude den Bauch, schließlich fragte sie mit seltsamen Zeichen, was sie meinem Vater für die Fische schuldig wäre.

»Nichts, rein gar nichts, aber auch keinen Groschen!«, empörte mein Vater sich jedes Mal, es war wie ein Ritual zwischen den beiden. Und dann endlich warf die Stumme die Fische mit einem weiteren »Aaa ... aaa ... aaa...« in eine große Blechschüssel und gab mir die ausgespülte Netztasche zurück, in der ich noch Tage später lidlose Fischaugen fand.

In den nächsten Tagen jenes Jahrhundertsommers, als eine Hitzewelle das Land heimsuchte, bekam ich schlimme Vorahnungen, jedes Mal, wenn ich die Wettervorhersage hörte. Ende Mai bewegte sich der Pegel der Weichsel im unteren Bereich und fiel jeden Tag stetig um ein paar Zentimeter weiter. Den ganzen Juni lang fiel kein einziger Tropfen Regen und die Weichsel trocknete aus, enthüllte dabei nach und nach die Pfeiler der Brücken und die sandigen Flussbetten, auf denen sich die Wasservögel tummelten.

»In Zawichost 224, in den letzten 24 Stunden 19 Zentimeter Abfall, in Puławy 270, in den letzten 24 Stunden Abfall um 33 Zentimeter ...« Die Nachrichten, die immer mittags im Radio kamen, unmittelbar nach dem Trompetensignal von der Krakauer Marienkirche, entsetzen mich immer mehr. Ich ahnte, dass das Angeln bei diesem niedrigen Wasserstand mehr als schwierig sein würde, vor allem vom rechten Ufer aus. Und als wir im Juli in Urlaub fuhren, konnte ich mich bereits am ersten Tag davon überzeugen. Alle meine Lieblingsangelplätze waren zu Sandbänken geworden, und sogar die Vertiefung an der Flussbiegung, »Tiefe« genannt, führte Wasser nur bis zu meinem Bauchnabel. Ich sank in den Schlick ein, stapfte durch die seichten Stellen, sprang von Stein zu Stein und versuchte, meine Angel so weit wie möglich auszuwerfen, aber das Wasser war noch immer zu flach. Die Schwimmer lagen flach auf dem Wasser und der Wasserlauf verschob sich jeden Tag immer mehr Richtung linkes Ufer.

Die erbarmungslose Hitze hielt sich den ganzen Juli. Im Gegensatz zu mir war mein Vater in seinem Element. Ich war kein kleines Kind mehr, also musste er mich nicht dauernd beaufsichtigen, ich ging meiner eigenen Wege. Er ebenfalls. Jeden Tag nach dem Frühstück verschwand er mit unbekanntem Ziel, seine Decke über der Schulter. Und wenn er mittags zurückkam, war seine Haut von der Sonne so verbrannt, dass er fast dunkelblau aussah.

An jenem Tag ergoss sich die Hitze über die Welt wie schon die ganzen Tage zuvor. Ich saß mit nur einer Angel an der Weichsel, und obwohl ich versucht hatte, sie an mehreren Stellen und mit verschiedenen Ködern auszuwerfen, wollte nichts anbeißen. Es ging auf zwölf Uhr zu und die Hitze wurde langsam unerträglich. Es hatte keinen Sinn, weiter dort zu sitzen und auf den Schwimmer zu starren, der kein einziges Mal gezuckt hatte. Ich baute meine Angel auseinander, packte meine Tasche, und lief los, am Ufer entlang Richtung Klippe, auf einen Pfahl mit einer Tafel zu, auf der mit schwarzer Farbe riesige Ziffern gemalt waren: eine Fünf und zwei Sechsen – Stromkilometer 566, von der Quelle aus gemessen. Ich hatte gehört, dass man an Tagen mit guter Sicht sogar bis an die Wyszogród-Brücke sehen konnte, die längste Holzbrücke in Europa. Ich lief einen steilen Pfad entlang hoch, hielt mich an Ästen und Zweigen fest, stützte mich auf den Griff der Angel, wenn die Erde unter meinen Füssen abrutschte. Ich war schon fast oben, als ich eine Männerstimme hörte. Ich tat vorsichtig noch ein paar Schritte und sah plötzlich meinen Vater.

Er stand in der vollen Sonne, seine Badehose bis zu den Hüftknochen hinuntergerollt, damit die Sonne auch dorthin kam; er stand da und redete laut zu irgendjemandem Unsichtbaren. Hinter Wacholderbüschen versteckt beobachtete ich jede seiner Bewegungen. Vater benahm sich so seltsam, dass ich es im ersten Moment mit der Angst zu tun bekam. Ich glaubte, er hätte einen Sonnenstich bekommen. Er stand mit dem Gesicht zu einer Reihe junger Fichten gewandt, die auf dem Kamm der Böschung in einigen gleichmäßigen Reihen wuchsen. Er sprach mit ihnen auf Deutsch und fuchtelte hektisch mit Armen und Beinen. Erst nach einer Weile begriff ich, dass mein Vater Exerzieren spielte. Die Fichten sollten die Soldaten sein, und er war der Offizier, der ihnen Befehle erteilte und die Kommandos dann selber ausführte. Warum sprach er dabei bloß kein Polnisch, sondern Deutsch? Ich hatte keine Ahnung.

»Achtung! Rührt euch! Achtung! Rührt euch!«, brüllte er eines ums andere Mal und führte die Befehle anschließend selbst aus.

»Gewehr ab! Gewehr über!«, schrie er und nahm die

nichtexistierende Waffe in die Hand, um sie dann zu präsentieren.

»Augen ... rechts!«, rief er dann, schaute nach rechts, und als ich ein weiteres Kommando erwartete, hörte er mit seinem Drill auf und schaute angestrengt in den Himmel, lauschte auf etwas, was man fälschlicherweise für einen entfernten Donner hätte nehmen können. Doch ich wusste, dass über diese Stelle eine Luftschneise führte, in der mehrmals am Tag Überschall-Passagierflugzeuge vorbeiflogen. Ich mochte es, zusammen mit meinem Vater die Kondensstreifen der Flugzeuge zu beobachten, wie sie zunächst nur eine feine silberne Linie am Himmel waren, die immer größer und dicker, dann zu einem breiten Streifen wurde, bis sie schließlich völlig amorph wurde und wie ein vom Wind getriebener Cumulus oder Cumulonimbus hinter dem Horizont verschwand. Mitten am Tag flog über den Klippen, statt der üblichen russischen Tu-114 oder Tu-134, eine französische Caravelle, die mein Vater für das schönste Passagierflugzeug der Welt hielt. Nun kamen die Motorengeräusche immer näher. Ich hatte plötzlich die Idee, dass mein Vater sich auf den Boden werfen und sich den Kopf mit den Armen bedecken würde, sobald das Flugzeug sichtbar würde. Und dann »In Deckung!« schreien – doch nichts Derartiges passierte. Im Gegenteil. Mein Vater stand ruhig da, schaute noch eine halbe Minute in den Himmel, und als er die Maschine sah, hob er beide Arme und begann hin und her zu winken, als ob er dem Piloten helfen und den richtigen Kurs aufzeigen wollte. Das französische Flugzeug schwebte langsam über den Himmel, majestätisch wie ein Albatros. Ich konnte mich des Eindrucks nicht erwehren, dass der Pilot meinen Vater sehen konnte und nach seinen Hinweisen seinen Kurs korrigierte, um das Flugzeug sicher über die Weichsel zu leiten.

Vater lächelte siegesgewiss und hielt die Arme immer noch hoch über dem Kopf, auch, als das Flugzeug längst hinter dem Horizont verschwunden war – als wollte er mit dieser Geste die Caravelle verabschieden. Oder aber er wollte sich nur die Arme gleichmäßig gebräunt haben.

Mit seiner Feldmütze auf dem Kopf, am ganzen Körper von dem Babyöl glänzend, erinnerte er mich an eine Statue des Sonnengottes, die ich einst auf dem Umschlag eines Buches über die ägyptischen Ra-Priester sah.

13.

Wie werde ich ein Sprachgenie?

Jedes Mal, wenn mir meine Mutter Artikel über irgendwelche Sprachgenies zuschob, kam in mir der Eindruck hoch, dass ich in meinem Leben dringend irgendetwas ändern müsste.

»Schon als elfjähriger Junge sprach er fließend ...«
»Mit zwölf verwunderte er alle mit seinen Kenntnissen ...«
»Sein phänomenales Gedächtnis und der für einen Dreizehnjährigen erstaunliche Fleiß ...«, etc, etc.

Ich las, und es beschämte mich regelmäßig. Meine Mutter schaute mir verstohlen beim Lesen zu, und als ich ihr dann die Zeitungsausschnitte ohne Kommentar zurückgab, sagte sie immer: »Siehst du? Das könntest du doch auch!«

Ja, ja, ich könnte, ich könnte ... Ja, ich könnte es, wenn ich nur wollte ... Ich war mittlerweile einundzwanzig Jahre alt, und die famose Reihe der Sprachgenies, die bei Champollion anfing und mit meinem Onkel Edward und meiner älteren Schwester endete, bereitete mir immer schlimmeres Kopfzerbrechen.

»Jean François Champollion konnte schon als fünfjähriges Kind fehlerfrei ein Dutzend Seiten aus dem Psalmen-Buch auf Latein rezitieren. Im achten Lebensjahr lernte er in erstaunlichem Tempo Hebräisch, um das Alte Testament im Original lesen zu können. Anschließend widmete er sich dem Studium des Arabischen,

Syrischen, Chaldäischen, lernte dann Sanskrit und die koptische Sprache – aus der Überzeugung heraus, durch die Letztere wichtige Erkenntnisse im Hinblick auf die ägyptischen Hieroglyphen zu gewinnen. Welche er dann tatsächlich zu entziffern vermochte, nachdem er einige wichtige Entdeckungen auf dem Gebiet der Keilschrift gemacht hatte.«

»Der wandelnde Turm zu Babel‹ – Emil Krebs – studierte im Seminar der Orientalischen Sprachen in Berlin alle dort gelehrten Sprachen. Als er sich um den vakanten Posten eines Dolmetschers am deutschen Konsulat in Peking bewarb, sprach er bereits fließend Syrisch, Amharisch, Neugriechisch, Grusinisch, Persisch, Afghanisch, Armenisch, Japanisch sowie die Dialekte Indiens: Urdu, Hindi, Gudjarati. Krebs war geradezu von Sprachen besessen, lernte beinahe ununterbrochen, jeden Tag, wenn er von der Arbeit kam, bis drei Uhr in der Nacht. Als der jüngste Mitarbeiter des Fernostinstituts bat er um eine Gehaltserhöhung wegen der Kenntnis von sechzig Sprachen.«

»Andrzej Gawroński antwortete immer bescheiden, er wisse nicht, wie vieler Sprachen er mächtig sei, er wisse allerdings, dass er in vierzig fließend sprechen und schreiben könne, verstehen und lesen in weiteren hundert. So gesehen konnte er wohl alle Sprachen der Welt, lebende wie tote. Es war ihm absolut gleichgültig, ob er Finnisch, Bengalisch, Altgriechisch oder Sanskrit sprechen sollte, und beinahe ausgestorbene keltische Dialekte kamen ihm so leicht von der Zunge wie modernes Englisch.«

Ich könnte, wenn ich wollte ... Sicher, wenn ich nur wollte ... So sicher war ich mir nicht ... Die erste Sprache, die ich hätte perfekt lernen sollen, war Russisch, in der Grundschule. Die Russisch-Lehrerin brachte uns jedoch gar nichts bei, und dieser Zustand hielt in gegenseitigem schweigendem Einvernehmen bis zum Abitur an.

Wenn ich sage, dass sie uns gar nichts beigebracht hatte, so meine ich nicht, dass sie pädagogisch unbegabt gewesen wäre, oder dass sie Schwierigkeiten gehabt hätte, mit uns Schülern in Kontakt zu treten. Nein, wenn ich sage, sie hatte uns nichts beigebracht, so meine ich es wörtlich. Zwar hatten wir – wie im Lehrplan vorgesehen – zwei Mal die Woche Russisch, der Unterricht war jedoch rein fiktiv. Gleich nach dem Gong tauchte die Russisch-Lehrerin in der Klasse auf, setzte sich hinter ihren Tisch und überprüfte die Anwesenheit, doch wenn sie dann das Klassenbuch schloss, verfiel sie in eine Art Lethargie, einen Schlaf mit offenen Augen, aus dem sie nur erwachte, um eine Zeitschrift zu lesen, sich etwas zu notieren oder apathisch in ihrer Tasche zu wühlen. Es war uns bewusst, dass wir nun immer eine Stunde frei haben würden, und so machten wir in Russisch andere Hausaufgaben, schrieben Mathe ab, spielten Schiffe versenken, Stadt-Land-Fluß oder ruhten uns einfach aus. Der »Unterricht« verlief in absoluter Ruhe, die wir auch nicht stören wollten. Die selbstgefällige Selbstverständlichkeit, mit der die Russisch-Lehrerin ihre beruflichen Pflichten vernachlässigte, nötigte uns – abgesehen von grenzenloser Verwunderung – einen gewissen Respekt ab. Wollte sie hier bewusst das Schulsystem sabotieren? Das zumindest behauptete mein Klassenkamerad Awdjenko. Und auf unsere seltsame Art achteten wir diese ewig müde Frau mit ihrem sanften Gesicht, und erfüllten ihr gerne den einzigen Wunsch, den sie je geäußert hatte: Jeder von uns musste zum Ende des

Schuljahres ihr Lieblingsgedicht von Michail Lermontow vortragen. Und auch ich rezitierte es, um am Ende des Schuljahres ein »sehr gut« in Russisch zu bekommen – wie alle anderen übrigens.

Im Vergleich mit der Russisch-Lehrerin war unser Deutsch-Lehrer, Herr Poliffka, ein richtiges Monster – nicht nur wegen seines Aussehens. Groß und schwer, mit rotem, fleischigen Gesicht, Glubschaugen und Resten von Haaren, die er sich immer über die Stirnglatze kämmte, verlangte er dennoch dauernd von seinen Schülerinnen die Bestätigung, er sähe dem Schauspieler Roger Moore ähnlich, der damals in der berühmten Serie *The Saint* im Fernsehen auftrat, und der natürlich der Liebling aller Frauen war. Jede seiner Schülerinnen sprach Herr Poliffka mit Franciszka an, jeden Schüler mit Alojzy. Wenn er jemanden an der Tafel abfragte, begann er das Verhör stets mit einem verächtlichen »Na los!«. In seinem Unterricht herrschte beispielhafte Disziplin, und jedes kleinste Vergehen bestrafte er mit kaum zu zähmender Wut. Er war ein erklärter Gegner der neuen Lehrmethodik und verlangte von seinen Schülern nur eins: Auswendiglernen, Auswendiglernen, Auswendiglernen. So lernten wir alle unregelmäßigen Verben auswendig, und auch Herrn Poliffkas Lieblingsgeschichten, die über die Abenteuer des Riesen Bodo. Ich wusste, dass ich auch mitten in der Nacht aus einem tiefen Traum aufgeweckt jederzeit die Antwort auf die Frage »Wer war Bodo?« wissen würde: »Bodo war ein Riese.« In Anfällen guter Laune wettete Herr Poliffka mit jedem um eine Tafel Bitterschokolade, er könne alle Vokabeln aus dem Großen Deutsch-Polnischen und Polnisch-Deutschen Wörterbuch auswendig. Mehrere Schüler haben ihn immer wieder getestet, und ich kann mich nicht erinnern, dass er je verloren hätte.

»Hintz und Diesendorff!«, sprach er stets mit Vergnügen

meinen Nachnamen und den meiner Schulkameradin Katarzyna aus.

»Hintz und Diesendorff, zu mir!« Auf dieses Kommando sprangen wir von unseren Stühlen auf und rannten zum Lehrertisch; dann stellten wir uns zu beiden Seiten des Herrn Poliffka auf: Katarzyna zu seiner Rechten, ich zur Linken.

»Nein! Diesendorff und Hintz!«, kommandierte uns Herr Poliffka herum und zeigte uns mit Gesten, dass ich mich zur Rechten stellen sollte und Katarzyna zur Linken. Und als wir seinen Befehl ausgeführt hatten, hieß es wieder: »Hintz und Diesendorff!«, wonach wir wieder unsere Plätze wechselten. Und dann änderte er noch ein Mal seine Meinung, und dann immer wieder und immer wieder.

»Diesendorff und Hintz! Hintz und Diesendorff!«, schrie er, bis wir schließlich ganz atemlos um den Tisch herumliefen.

Ich kann mich nicht erinnern, wie oft meine Mutter schweren Herzens den privaten Nachhilfeunterricht in Englisch, Deutsch, Französisch für mich in Anspruch nehmen musste, obwohl wir doch kein Geld hatten. Ich kann mich nur entsinnen, dass ich jedes Mal den Unterricht wegen finanzieller Missverständnisse wieder abbrechen musste. Der Englisch-Lehrer, dessen Anzeige (*»Englisch – günstig, schnell, effektiv – alle Stufen«*) wir an der Bus-Haltestelle nahe unseres Hauses entdeckt hatten, kam nur einmal und entschied sich höflich dagegen, nachdem meine Mutter erklärte, sie würde ihn nicht gleich für den ganzen Monat bezahlen können.

Dann traf ich mich einen Monat lang zwei Mal die Woche mit unserer Nachbarin, einer älteren Dame, die vor dem Krieg angeblich in Paris gelebt haben sollte und perfekt Französisch konnte – schließlich meinte meine Mutter jedoch, der Unterricht würde unsere finanziellen Möglichkeiten übersteigen, woraufhin sich die Nachbarin beleidigt verabschiedete.

Am längsten, nämlich zwei Monate, unterrichtete mich ein Germanistik-Student, ein fahriges, mageres langes Elend. Als ich ihn mit »Herr Rysiek« ansprach, meinte er, Herren seien längst ausgestorben, ich solle ihn duzen. Meine Mutter bezahlte Rysiek gleich für den ganzen Monat, aber als sie ihm einmal eine ausgefallene Stunde abziehen wollte, war er empört und kam nie wieder.

»Hat dir der Unterricht etwas gebracht?«, fragte sie jedes Mal, und wenn ich irgendetwas als Antwort murmelte, meinte sie immer mit deutlicher Erleichterung:

»Ich wusste es. Ich wusste, dass es keinen Sinn mehr hatte.«

Als meine Mutter schließlich zu der Überzeugung gelangte, ich hätte meine besten Jahre vergeudet und würde ab nun nur noch fallen, hinunterrollen, beschloss ich, aus eigenem Entschluss Fremdsprachen zu lernen. Ein Rat des Herrn Poliffka fiel mir ein, und ich merkte, wie richtig er war: »Wenn euch in Zukunft irgendjemand Fremdsprachen beibringen soll, wird er euch erzählen, dass man sie leicht und einfach lernen könne, mit irgendwelchen neuen Methoden, beim Spielen oder im Schlaf. Glaubt das bloß nicht, es ist alles Unsinn! Eine Fremdsprache kann man nur auf eine Weise lernen: Man muss sie sich auswendig einpauken!« So fing ich an, Vokabeln auswendig zu lernen. Mein Pensum betrug anfangs vierzig Worte am Tag, dann nahm ich mir fünfzig vor. Ich übertrug die Vokabeln in ein Oktavheft, um sie besser memorieren zu können, und sprach sie mir dann unendliche Male vor:

»der Aal – węgorz
der Aar – orzeł
das Aas – padlina, ścierwo«

Nach anderthalb Monaten konnte ich das Miniwörterbuch Deutsch-Polnisch auswendig, mit zweitausend Grundwörtern, und fing mit dem Kleinen Wörterbuch Polnisch-Deutsch an, das zehn Mal so viel Wörter enthielt. Nach drei Monaten steigerte ich mich und hob mein Tagespensum auf sechzig Vokabeln; ich nahm mir immer mehr Zeit zum Deutsch-Lernen und paukte, paukte, paukte ...

Obwohl ich oft erschöpft war und nicht immer ausdauernd, zeigte mein Lernen doch Ergebnisse, und mein Wortschatz im Deutschen, dann auch im Englischen und Französischen wurde immer größer und sicherer, von Monat zu Monat. Ich wusste, was auf Englisch *Blutwurst* hieß, *Baobab* auf Deutsch, *Hellebarde* auf Französisch. Es waren drei fremde Armeen, zusammengesetzt aus Hunderten von Divisionen von Wörtern, die sich jeden Tag in meinem Gehirn Schlachten lieferten. Und wenn alle Bewohner dieser Erde mit dem einfachsten Satz, den die Kinder in der privaten Tagesstätte meiner Mutter so oft sagten, kommunizieren würden, hätte ich mit der Hälfte der Erdbevölkerung problemlos sprechen können:

> *Was ist das?*
> *What is this?*
> *Qu'est-ce que c'est?*

Ich vernachlässigte die systematische Ergänzung meiner Wortvorräte keineswegs, ging von den Mini- und Kleinen zu den Großen Wörterbüchern über; lernte bald idiomatische Wendungen und ganze Sätze. Zu meinen Lieblings-Lehrbüchern gehörte eines aus der Bibliothek meines Großvaters: »*Neuer Führer für moderne, gewöhnliche und vertraute Gespräche in den Sprachen Französisch, Polnisch und Deutsch, ergänzt um Gespräche über Reisen, Eisenbahn und Dampfschiffe, zur Verwendung für Reisende oder Lernende*«.

Obwohl ich nicht annahm, eines der dort veröffentlichten Gesprächsbeispiele je auf gewöhnlicher oder vertrauter Basis anwenden zu können, konnte ich mich nicht enthalten, auf Deutsch und Französisch folgende Sätze zu wiederholen:

> *»Kutscher, was kostet eine Fahrt mit drei Gepäckstücken?*
> *Möchten Sie so freundlich sein und sich in das Reisebuch eintragen?*
> *Auf meinem Tisch ist kein Feuerzeug.*
> *Möchten Sie diese Bücher broschiert oder gebunden?*
> *Wie viel kostet der Meter dieses Stoffes?*
> *Nennen Sie mir bitte den endgültigen Preis.*
> *Ich habe Sie gerufen, damit Sie mir Maß für einen neuen Anzug nehmen.*
> *Wo kann ich hier gute Gamaschen bekommen?*
> *Ich kann in diesen Schuhen nicht laufen. Warum haben Sie sie so spitz gemacht? Ich möchte mich der Mode wegen nicht quälen müssen.*
> *Postkutscher, kann ich mich zu Ihnen auf den Bock setzen?«*

Der *Neue Führer für moderne Gespräche* erinnerte mich immer an die Serie der Sprachbücher, die ich schon seit langem sammelte. Diese Büchlein wurden herausgebracht, um den ins Ausland reisenden Polen Themen für interessante und lehrreiche Gespräche mit den Bewohnern fremder Länder zu liefern und die Verständigung zu ermöglichen:

> *»Wie viel Rente bekommen bei euch Behinderte?*
> *Studieren viele Arbeiter- und Bauernkinder an euren Universitäten?*
> *Sind eure Frauen in Berufsverbänden organisiert?*
> *In Polen kann man ein staatliches Darlehen für den Bau eines Eigenheimes erhalten – und bei euch?*

Gibt es bei euch genug Lebensmittel?
Ich höre in Polen oft Übertragungen von Opern aus der Scala. Habt ihr diese Möglichkeit auch?
Kann ich in euren Bekleidungsläden Männerhandschuhe erstehen?
Gibt es bei euch ein Presseorgan der Kommunistischen Partei?«

Meine ältere Schwester, Studentin an der Hochschule für Fremdsprachen, schaute mich an, als ob ich unterbemittelt wäre: »Brüderchen, schmeiß den ganzen Scheiß weg, du vergeudest nur deine Zeit. Warum lernst du nicht aus einem gescheiten Lehrbuch? Du könntest doch Maciej fragen.«

Maciej war ihr Freund, der als Dozent für Englisch an der Warschauer Universität arbeitete. Er hatte Zugang zu den neuesten Sprachlehrbüchern und didaktischen Hilfen aus dem Westen. Kürzlich bekam er aus England die Alexander-Lehrbücher und konnte sie nicht genug loben. Eines davon, ›*First Things First – An Integrated Course for Beginners*‹ schenkte er mir sogar.

»Wenn du willst, kannst du dich bei mir in den Kurs setzen«, schlug er mir vor. »Gerade ist jemand abgesprungen.«

Ich ging also hin. Der Unterricht fand mit der audiovisuellen Methode statt, in einem modernen Sprachlabor. Die Studenten saßen mit Kopfhörern auf den Ohren in dicht verschlossenen, verglasten Kabinen und der Lektor stand auf einem Podest hinter einem Pult und konnte stets Verbindung mit jedem Einzelnen oder mit allen zusammen aufnehmen. Ich nahm Platz in einer der leeren Kabinen, die mir Maciej zuwies, setzte mir die Kopfhörer auf und lauschte bang, voller Sorge, ob ich auch etwas von dem Unterrichtsstoff würde verstehen können.

»*Lesson seventy five*«, hörte ich nach einer Weile eine eifrige Stimme vom Band. Das konnte ich verstehen. Seit dem Anfang des Semesters hatten die Studenten schon vierundsiebzig Unterrichtseinheiten durchgearbeitet, das war viel, das war die Hälfte des Lehrbuchs. Ich rückte meine Kopfhörer zurecht, um besser verstehen zu können und öffnete das Buch von Alexander auf der richtigen Seite. Ich sah hoch und schaute Maciej an, der mir ermunternd zulächelte und mit einer Geste zu verstehen gab, alles sei in Ordnung.

»*Have you any shoes like these?*« (»*Haben Sie solche Schuhe?*«), ertönte es aus den Kopfhörern.

Der Text der fünfundsiebzigsten Unterrichtseinheit war ein Dialog zwischen einem Schuhverkäufer und seiner Kundin. Der Dozent verkörperte mal die eine, mal die andere Rolle und verwandelte die verfügbaren Requisiten nach Bedarf. Ich konnte sofort nachvollziehen, warum der Freund meiner Schwester fünfmal hintereinander zum beliebtesten Dozent der Warschauer Uni gewählt worden war. Er war der geborene Pädagoge und gab während des Unterrichts alles. Wie er arbeitete! Ich war voller Bewunderung für seine effektiven, flüssigen Bewegungen, während er das Tongerät bediente, das Band hin und her spulte, weder zu weit vor noch zurück, so, dass es an genau der Stelle stoppte, an der der gewünschte Satz anfing.

»*Have you any shoes like this?*«, wiederholten wir die Frage der Kundin, und Maciej – wie ein Zauberer, der ein Kaninchen aus dem Hut zieht – holte Damenschuhe unter dem Pult hervor, in denen ich schon ziemlich abgetragene Pumps meiner Schwester erkannte.

»*What size?*«
»*Size five.*«
»*What colour?*«
»*Black.*«

Der Verkäufer verstand etwas von seinem Fach, fragte die Kundin aus, um ihr schließlich zu eröffnen, dass er, leider, noch vor einem Monat solche Schuhe gehabt habe, welche nun aber ausverkauft seien.

»*Could you get a pair for me please?*« Die Kundin verlor den Glauben nicht, früher oder später in schwarzen Pumps Größe fünf herumzulaufen.

»*I'm afraid I can't.*« Der Verkäufer entschuldigte sich händeringend und erklärte, dass die Traumschuhe der Kundin, so sehr begehrt in den letzten zwei Saisons, nun aus der Mode gekommen seien, so dass es nicht mehr möglich sei, welche nachzubestellen. Der Dialog strebte auf seine Pointe zu.

»*These shoes are in fashion now*«, erklärte der Verkäufer und zeigte der Kundin, welche Schuhe nun modisch seien. In dem Moment zog der Dozent ulkige rote Stöckelschuhe auf erstaunlich hohen und spitzen Absätzen hervor. Wo er die wohl herhatte? Ich konnte es mir nicht vorstellen.

»*They look very uncomfortable!*«, protestierte die Kundin bekümmert. Diese Aussage mussten wir uns drei Mal vom Band anhören. Ich ahnte, dass nun der eigentliche Witz kommen sollte.

»*They look very uncomfortable*«, wiederholte Maciej zum vierten Mal, hob den Zeigefinger und wartete ein wenig ab, um die Spannung zu steigern. Schließlich ließ er die richtige Stelle mit der Antwort des Verkäufers vom Band laufen: »*They are very uncomfortable – but women always wear uncomfortable shoes!*«

Und nun wussten wir, dass die Frauen sowieso unbequeme Schuhe bevorzugten.

Einen Moment später wiederholte ich mit der ganzen Gruppe die Sätze, während Maciej uns wie ein Dirigent führte. Ich wiegte mich wie in Trance und wiederholte ein ums andere Mal: »*They are very uncomfortable, but women always wear uncomfortable shoes!*« In dem Moment bekam ich das Gefühl, dass nur noch wenige Unterrichtseinheiten aus dem Alexander-Lehrbuch nötig wären, damit ich wirklich Englisch sprechen konnte. Dann könnte ich sagen, wer ich war, was ich mir erträumte, und was ich in meinem Leben so schnell wie möglich ändern müsste.

Einen Monat später bekam ich plötzlich die Möglichkeit, für einen Monat nach London zu gehen. Ich könnte schwarzarbeiten, eine Wohnung gäbe es auch, erklärte mir der Bekannte, der schon mal dort war. Der Verdienst? Vier Pfund die Stunde, ganz in Ordnung also. Ich rechnete mir aus, dass ich – könnte ich zwölf Stunden am Tag und sechs Tage in der Woche arbeiten – während der drei Monate über dreitausend Pfund verdienen könnte. Das wäre mehr als die Summe, für die ich das kostbarste Familienjuwel veräußern wollte, die alte Golduhr mit dem schwarzen Relief auf dem Springdeckel – die Traueruhr meiner Ururgroßmutter.

Anfangs erschien mir die Reise nach London gar nicht real. Ich müsste eine Einladung aus England haben, um dann meinen Pass und mein Visum zu bekommen. Wo sollte ich sie bloß herbekommen? Mein Bekannter konnte mir dabei nicht helfen.

14.

Speak to me ...

Ich fragte meinen Vater, ob er mir beim Beschaffen der benötigten Einladung behilflich sein könne. Er wolle sehen, was möglich sei, sagte er. Doch wann? Er könne es mir nicht genau sagen. Ich solle Geduld haben. Alles zu seiner Zeit, für alles gäbe es den richtigen Zeitpunkt. Der richtige Zeitpunkt ... Das klang nicht besonders vielversprechend. Warum konnte er sich nicht sofort darum kümmern? Meine Mutter meinte, mein Vater hätte in seinem Leben noch nie etwas erledigt – doch das Eine, worum ich ihn ausnahmsweise gebeten habe, dürfte sich im Rahmen seiner Möglichkeiten bewegen. Eine Einladung nach England? Da bräuchte er doch nur mit Herrn Radwański zu telefonieren. Ist es denn so ein Problem, den Telefonhörer in die Hand zu nehmen und mit ihm zu sprechen? Radwański gegenüber bräuchte er sich doch nicht zu genieren.

Stefan Radwański lebte schon seit Jahren in England – und er war Vaters bester Freund, noch aus dem Kadettenkorps! 1939, gleich zu Beginn des Krieges, wurden sie beide von den Deutschen gefangen genommen und verbrachten anschließend fünf Jahre in einem Gefangenenlager für polnische Offiziere in Woldenberg. Wenn mein Vater von Herrn Radwański erzählte, wiederholte er dauernd drei Worte: »Lager«, »Baracke«, »Pritsche« – immer wieder die Pritsche, »auf einer Pritsche«, »Nachbarpritsche«. Nach der Befreiung aus dem Lager hatte Radwański im Gegensatz zu meinem Vater nicht die Absicht, nach Polen zurückzukehren.

»Warum? Weil er gescheit war. Er hat gleich gemerkt, was da los war«, erklärte mir meine Mutter.

Radwański ging gleich nach England, und obwohl es anfangs sicher nicht einfach war, hatte er doch Erfolg und konnte sich in London ein Haus kaufen. Zehn Jahre nach dem Krieg suchte er Kontakt zu meinem Vater und schickte uns seitdem jedes Jahr zu Weihnachten eine Glückwunschkarte. Es waren nie normale Karten – wenn man sie aufklappte, spielte ein versteckter Spielmechanismus die Melodie von ›Stille Nacht‹ oder andere berühmte Weihnachtslieder. Meine Mutter freute sich dann wie ein Kind. Eine klingende Weihnachtskarte! In Polen konnte man so etwas noch lange nicht kaufen. Mir fiel immer wieder auf, dass die Karten von Herrn Radwański in einem beschädigten Umschlag ankamen, die dann jemand in eine durchsichtige Folientüte gesteckt hatte. Neben der Briefmarke mit dem Kopf der englischen Königin, oder auf der Rückseite des Umschlags prangte jedes Mal ein Stempel mit der Aufschrift: »*Die Sendung kam beschädigt aus dem Ausland an*«.

»Da, sieh es dir an und lerne, wie in Polen das Postgeheimnis gewahrt wird«, wiederholte mein Vater jedes Mal und erklärte mir, was es damit auf sich hatte. Die Sendungen aus dem Ausland wurden bei uns von Zensoren kontrolliert.

»Diese Ganoven, die die Briefe auf der Suche nach Devisen durchsuchen und lesen, haben dann wohl keine Lust mehr, die Post wieder ordentlich zuzukleben. Aber man muss doch den Anschein wahren! Deswegen stecken sie die kaputten Umschläge in die Folientüten und stempeln sie ab, um den Leuten die Illusion zu geben, dass es in diesem Lande anständig zugeht – und nur die Post der fremden Länder schlampig arbeitet, so dass man ihre Arbeit im Interesse der polnischen Bürger korrigieren muss.«

Ich war zwanzig Jahre alt, als Stefan Radwański mit seiner schwedischen Frau für eine Woche nach Polen kam. Sie kamen mit der Fähre und hatten ihr Auto dabei, einen Vauxhall mit automatischer Schaltung – so einen Wagen hatte ich noch nie zuvor gesehen. Das Lenkrad auf der rechten Seite, gelbe Kennzeichen, ein Aufkleber mit den Buchstaben GB auf der hinteren Scheibe – auch wenn das kein Vauxhall, sondern nur ein einfacher polnischer Fiat gewesen wäre, so wäre er mit dieser Aufmachung in Warschau doch aufgefallen. Ich habe damals gesehen, wie die Leute sich vor dem Hotel *Europejski*, wo die Radwańskis abgestiegen waren, gruppierten und das Auto von allen Seiten begafften.

Meine Mutter wollte die Gäste anständig bewirten und verkaufte ein silbernes Tablett, eines der wenigen wie durch ein Wunder erhaltenen Familienstücke. Von dem Geld kaufte sie dann einen ganzen Tag lang auf dem Markt und in den Delikatessen-Läden ein. Am zweiten Tag bereitete sie das Abendessen zu. Kalte Vorspeisen: Hering in Sahne, Hering mit Äpfeln, Hering mariniert, Vorderschinken, Rinderlende in Malaga, dann Pilzsuppe aus getrockneten Steinpilzen, Rinderrouladen mit Buchweizen und Rotkraut, und zum Nachtisch Waldbeeren mit Schlagsahne und – Mutters Spezialität – dunkler Kaffeekuchen, mit Alkohol getränkt.

Die Radwańskis kamen pünktlich um sechs. Mir fiel sofort auf, dass beide sehr weiße Zähne hatten und viel und ungezwungen lächelten. Sie brachten uns Geschenke mit: ein Päckchen Lipton-Tee und eine kleine Schachtel After-Eight-Schokolade. Radwański fand unseren Holzfußboden großartig.

»Eiche?«, fragte er und klopfte mit der Schuhspitze mit Kennermiene auf einige Dielen. Mein Vater schüttelte verneinend den Kopf. Am Tag zuvor hatte er den Fußboden zwei Mal hintereinander auf Knien gebohnert und so lange mit einem weichen Lappen poliert, bis er glänzte.

»Oder Esche?«, fragte der Londoner Gast weiter.

»Fichte!«, stellte mein Vater fest.

»Fichte? Na so was! Und ich war mir sicher, dass es Eiche ist!«, wunderte sich Herr Radwański. »In England ist ein solcher Holzfußboden Luxus. Und dann noch so gut erhalten!«

Meine Mutter fiel in das Gespräch ein und erzählte, dass wir in unserer alten Wohnung, im Altbau, einen noch besseren Eichenfußboden gehabt hätten, ein so hochwertiges Parkett, dass man sich darin spiegeln konnte; doch was hätten wir davon gehabt – die Untermieterin, die uns das Wohnungsamt geschickt hatte, habe den Fußboden sofort versaut. Die Schwedin, die ganz gut Polnisch sprach, verstand das Wort »Untermieterin« und »Wohnungsamt« nicht. Mein Vater fing an, ihr die Prinzipien der kommunistischen Wohnungspolitik zu erklären. Er tat es lange und umständlich, bis er sich in seinen Ausführungen selbst verhedderte und meine Mutter ihn aufzuhören bat.

»Das hat doch keinen Sinn«, protestierte sie. »Jemand, der in einer normalen Welt lebt, wird das nie verstehen.«

»Warum glaubst du das?«, die Schwedin war deutlich pikiert. »Warum glaubst du, ich kann das nicht verstehen? Rudi hat das doch gut erklärt. Sehr gut. Warschau war doch nach dem Krieg zerstört, nicht wahr?«

»Das stimmt«, nickte meine Mutter.

»Der Wiederaufbau hat doch viel Zeit gekostet, nicht wahr?«

»Ja, das ist wahr.«

»Die Regierung wollte, dass die Leute mit Wohnung den Leuten ohne Wohnung helfen.«

»Nun ja, formulieren wir es mal so ...«, grinste meine Mutter sarkastisch.

»Wenn ich eine große Wohnung hätte, vier Zimmer, dann

würde ich eins auch jemandem ausborgen! Einer Untermieterin.«

»Ausborgen? Einem fremden Menschen?« Meine Mutter schaute Radwańskis Frau amüsiert an. »Und zu welchen Bedingungen? Und für wie lange?«

»Das muss man sehen«, erwiderte die Schwedin. »Wenn ich sie nicht mag, dann muss sie gleich gehen.«

Meine Mutter machte eine hilflose Geste. Ihr Blick sagte: »Na, da habt ihr es!«

Bis mein Vater nun mit Herrn Radwański Kontakt aufnahm, vergingen drei Wochen. Er sagte, er habe es öfters mal versucht, leider ohne Erfolg. Ich weiß nicht, was er sagte, als er ihn schließlich erreichte, aber das Gespräch muss eine Qual für ihn gewesen sein. Erstens rief er von zu Hause aus an, also dachte er gewiss unaufhörlich an die hohe Rechnung – die Verbindung nach England, und dann zählte er sicherlich die Minuten, und er konnte doch nicht mit der Tür ins Haus fallen, sondern musste erst fragen, wie es seinem Freund und dessen Familie ginge, und so weiter und so fort.

Zweitens war ihm jedes Gespräch, in dem er um etwas bitten musste, sehr peinlich. Sicherlich wiederholte er dann dauernd: »Oh bitte, ich möchte dir keine Umstände machen, wirklich nicht, bitte, denke nicht dran, es ist ja schon gut, ich will dir ja keine Umstände machen …«, und so weiter und so fort in der Art.

Ich habe versucht, ihm zu erklären, dass eine solche Einladung reine Formalität ist, dass Radwański sie nur zu schreiben und im Konsulat beglaubigen zu lassen brauche; es würde ihn zu nichts weiter verpflichten, ich würde ihm seine Kosten zurückerstatten, sobald ich etwas verdient hätte, er würde meine Anwesenheit nicht mal bemerken, ich hätte ja Arbeit und Wohnung vor Ort.

Ich hatte tatsächlich in London schon alles, außer der Einladung, aber ohne die würde ich keinen Pass kriegen. Meinen Bekannten konnte ich allerdings nicht darum bitten, denn wenn er mir eine Einladung schickte, würde ich auf keinen Fall ausreisen können – Wojtek war gerade in London, als die Regierung den Kriegszustand eingeführt hatte und da er schon immer davon geträumt hatte, das Land zu verlassen, war er einfach nicht zurückgekehrt. Das war seine Chance gewesen. Sein Visum wurde von den Briten verlängert, und mit der Arbeitsgenehmigung hatte er auch keine nennenswerten Schwierigkeiten.

Ich hatte ihn einige Jahre zuvor kennen gelernt, als wir beide unseren Führerschein machten. Und wir haben sogar zusammen die Prüfung abgelegt. Damals arbeitete Wojtek als Beamter im Ministerium für Kultur, er war Rat in der Hauptverwaltung der Polnischen Kinematographie. Er hasste seine Arbeit, fand sie absurd; überhaupt sah er für sich keine Zukunftsperspektiven in Polen. Den Führerschein wollte er machen, um seine Stelle kündigen zu können. Dann hatte er vor, mit dem Auto seines kürzlich verstorbenen Vaters schwarz Taxi zu fahren und Leute durch Warschau zu kutschieren. In der Stadt gab es immer noch zu wenig Taxis, an den Taxiständen bildeten sich immer lange Schlangen, und so konnte eine solche Beschäftigung, auch illegal, ein gutes Einkommen bedeuten.

Eines Tages fragte mich Wojtek nach dem Fahrunterricht völlig zusammenhanglos, ob ich die *Gedanken über die Religion* von Pascal besäße, und wenn ja, ob ich ihm das Buch ausborgen könne. Ich lieh es ihm und nach zwei Wochen bekam ich es zurück, mit der Bemerkung, er wolle mit mir über eine Sache sprechen, die ihn nicht in Ruhe ließe. Was würde ich denn meinen, was an jenem Abend, dem 23. November 1654, geschah, als Blaise Pascal zwischen halb elf und ein Uhr die absolute Gewissheit erhielt, dass es einen Gott gibt? Wojteks Frage erschien mir im ersten Moment so erstaunlich, dass ich mir nicht sicher war, ob er mich nicht auf den Arm nehmen wollte. Aber anscheinend war er tatsächlich an dieser Frage interessiert und er suchte einen Gesprächspartner, suchte ihn gerade in mir. Vielleicht fing er sogar an, mich zu mögen?

Nach mehreren Jahren im Westen konnte Wojtek einige Erfolge als Unternehmer verbuchen. Er hatte in London eine kleine Baufirma gegründet – in der er mich eben für die drei Monate zu beschäftigen gedachte. Als er mich zu Hause anrief, äußerte er die Sorge, das Telefon könnte abgehört werden und legte mir nahe, ihn später von einer öffentlichen Telefonzelle aus anzurufen. Ich ging in die Bracka-Straße, in die Nähe des Waisenhauses; der Telefonautomat konnte – als einer der wenigen in der Hauptstadt – auch Auslandsgespräche herstellen. Mit einer Zwei-Złoty-Münze konnte man nationale wie internationale Gespräche führen, mit Paris, London oder München reden, solange man wollte. An der Telefonzelle stand immer eine Schlange von Eingeweihten, und obwohl jeder lange mit dem Ausland sprach, regte sich meistens niemand auf und niemand wurde gedrängt, sich zu beeilen.

Als mir Stefan Radwański schließlich die Einladung geschickt hatte, musste ich mich um das Schwierigste kümmern: Pass und Visum. Mit dem Pass ging es unerwartet einfach und schnell, aber mit dem Visum gab es Probleme. Zwar hatte mich die Britische Botschaft nicht abgelehnt, aber ich wurde zu einem Gespräch ins Konsulat geladen. Reiseerfahrene Bekannte rieten mir, mich sorgfältig auf das Gespräch vorzubereiten, und zwar auf Englisch. Ich sollte mir alle Antworten zurechtlegen, überlegen, was sie mich würden fragen wollen. Ähnliche Fragen müsste ich auch am Flughafen in

Großbritannien erwarten. Wenn die dortigen Beamten das Gefühl kriegen sollten, dass ich schwindele, würden sie mich sofort nach Polen zurückschicken.

Was ist das Ziel Ihres Aufenthaltes in Großbritannien?
Rein privat, ich komme als Tourist.
Wie lange möchten Sie bleiben?
Drei Monate. Ich werde das Flugticket in beide Richtungen lösen.
Wer hat Sie nach Großbritannien eingeladen?
Herr Stefan Radwański.
Geboren?
1915.
Adresse? Telefonnummer?
26 Templeton Place, London SW 5, Telefon 370-69-44.
Ist Herr Radwański Ihr Verwandter oder Bekannter?
Er ist der beste Freund meines Vaters.
Seit wann kennen sie sich?
Seit ihrem achtzehnten Lebensjahr. Mein Vater hat im Zweiten Weltkrieg Herrn Radwański das Leben gerettet. Herr Radwański wurde angeschossen und mein Vater hat den Schwerverletzten vom Schlachtfeld geschleppt. Sie wurden dann von den Deutschen gefangen genommen und verbrachten fünf Jahre in einem Internierungslager für polnische Offiziere in Woldenberg; sie schliefen sogar in einem Raum, ihre Pritschen standen nebeneinander.
Seit wann lebt Herr Radwański in Großbritannien?
Seit 1945.
Möchten Sie während des Aufenthaltes in unserem Land ein Arbeitsverhältnis aufnehmen oder studieren?
Nein. Wie bereits erwähnt, besuche ich Großbritannien als Tourist.
Was sind Sie von Beruf? Wo arbeiten Sie? Haben Sie

von Ihrer Arbeitsstelle einen dreimonatigen Urlaub bekommen?
Nein, ich musste keinen Urlaub bekommen. Ich bin freier Journalist und arbeite für diverse Zeitschriften.
Haben Sie auch Bücher veröffentlicht?
Nein, noch nicht. Ich schreibe an meinem ersten.
Wann soll es denn erscheinen?
Bald, hoffe ich.

Nicht alles in diesem imaginären Gespräch war erfunden. Ich schrieb ja tatsächlich. Drei Jahre lang, bis zum Ausbruch des Kriegszustandes, arbeitete ich für ein bekanntes Magazin. Im ersten Jahr veröffentlichte ich dort achtunddreißig Texte, die nicht namentlich gekennzeichneten Kurzartikel nicht mitgezählt; im zweiten nur noch die Hälfte; im dritten dann nur noch knapp ein Dutzend.

»Schon wieder kein Artikel von dir ...«, beschwerte sich meine Mutter, daran gewöhnt, dass der Name Hintz oft im Druck erschien. Und meine Kollegen von der Redaktion quälten mich dauernd mit der Frage, wie es denn passieren konnte, dass mir die leichte Schreibe abhanden gekommen war? Wie konnte es denn geschehen? Es fiel mir nie leicht, zu schreiben – nun jedoch wurde es tatsächlich immer schlimmer, ich konnte immer schlechter formulieren – und als die Wochenzeitschrift wegen des Kriegsrechts vom Markt genommen wurde, war ich sehr erleichtert.

Warum konnte ich nicht mehr schreiben? Woher kam diese Schreibblockade, woher die Unzufriedenheit? Jede Seite, die ich schrieb, las ich mit einem unbestimmten Ekel durch, spürte ganz deutlich, dass es nicht das Richtige war. Und der Grund war nicht die Zensur. Denn als die Kommunisten gestürzt wurden und man in Polen wieder frei schreiben konnte, hat es mir keineswegs weitergeholfen. Warum konnte ich es aber nicht lassen? Warum wollte ich immer noch schreiben, warum hegte ich die diffuse Hoffnung, dass es eines Tages wieder funktionieren würde? Warum versuchte ich es immer wieder? Das war das Seltsame daran.

Das Gespräch im Konsulat verlief ziemlich gut. Ich bekam das Visum. Ich kaufte das Flugticket in beide Richtungen. Ich flog nach London.

Wojtek holte mich in Heathrow ab. Ich spürte gleich, dass er wegen irgendetwas aufgeregt war. Probleme in der Arbeit. Ja, das war es. Auf einer seiner Baustellen hatte der Parkettleger schlampig gearbeitet und Wojtek musste es nun bezahlen. In einem runden Salon, in dem seine Firma den Fußboden austauschen sollte, hatte er die einzelnen Fußbodenelemente zu eng verlegt und nach 24 Stunden hob sich das ganze Parkett.

»Hast du eine Ahnung, wie das ausgesehen hat? Wie ein Zelt des Großwesirs!«, erzählte Wojtek auf dem Weg vom Flughafen in die Stadt.

Ich hörte ihm zu und gab mir alle Mühe, einen mitfühlenden Gesichtsausdruck zu machen.

Für einen Polen, der zum Schwarzarbeiten nach England kam, lebte ich in Wojteks Wohnung im Luxus. Nur machte ich mir die ganze Zeit Sorgen, ob ich es schaffen würde. Ich hatte noch nie auf einer Baustelle gearbeitet, und zwölf Stunden harter körperlicher Arbeit konnten sich für mein Herz als riskant erweisen. So versprach mir Wojtek, dass er mir für den Anfang eine leichte Aufgabe zuteilen würde. Wir arbeiteten im eleganten Stadtteil Chelsea. Ein Millionärssohn aus Ägypten hatte sich ein Haus gekauft und Wojteks Firma führte bei ihm eine Generalsanierung durch. Meine Aufgabe war es, die Öffnungen zu streichen: Türen und Fenster. Das Haus hatte drei Stockwerke und Öffnungen gab es in jedem Stock genug – die drei Monate meines Aufenthalts konnte ich allein schon damit verbringen. Montags und freitags gegen Mittag schaute der Besitzer auf der Baustelle vorbei und kontrollierte, ob die Arbeit korrekt vonstatten ging. Mit ihm kam immer eine etwas ordinär wirkende junge Frau. Mir fiel auf, dass der Besitzer eine Öffnungen-Macke hatte: Bei allen Türen und Fenstern prüfte er, ob die Scharniere auch ordentlich mit Malerband abgeklebt waren, so dass kein Tropfen Farbe dazwischengelangen konnte. Und jedes Mal, wenn der Besitzer kam, konnte mein Arbeitskollege, der immer in einem Raum mit mir malerte, den Blick nicht von der Frau wenden. Er starrte ihr mit wildem Blick hinterher und wiederholte mit zusammengebissenen Zähnen: »Die würde ich vögeln, oh, wie ich die vögeln würde!«, während ich säuberlich die Scharniere an Fenstern und Türen abklebte. Eines Tages kam es sogar dazu, dass mich der Multimillionärssohn lobte und mir 50 Pfund Prämie zusteckte.

Die drei Monate waren sehr schnell um. Jeden Tag nach zwölf Stunden Arbeit und anschließenden langen Gesprächen mit Wojtek bei einer Flasche Whisky fiel ich aufs Bett und schlief wie ein Toter. Die letzten drei Tage meines Aufenthalts hatte ich frei. Ich wollte einkaufen gehen, etwas Schönes für meine Eltern und mich besorgen. Eine Liste mit den Sachen hatte ich zuvor schon erstellt; ich schrieb mir die Dinge auf, die mir auffielen, wenn ich sonntags durch die Einkaufspassagen im Zentrum der Stadt streifte. Ich hatte so einiges im Auge. Als ich klein war, spielten wir mit meinem Vater ein Spiel, das »Aussuchen« hieß: wir stellten uns vor Auslagen verschiedener Geschäfte und suchten uns Dinge aus, die wir kaufen würden, wenn wir das Geld dafür hätten. Ich erinnerte mich daran, dass sich mein Vater unter anderem eine Spirale zum Reinigen verstopfter Rohre wünschte.

Schuhe der Marke »Ravel« standen ganz am Anfang meiner Liste. Wie oft stand ich vor den Schaufenstern des Ladens in Hammersmith, wie oft ging ich hinein – bis ich schließlich das richtige Paar hatte. Schon einmal habe ich Schuhe im Ausland gekauft; es war in Wien – mein erster großer Einkauf im Westen. Ich ging in den Schuhladen, zeigte der Verkäuferin das gewünschte Paar und sagte auf Deutsch: »Ich möchte diese Schuhe kaufen.«

Obwohl ich mich sehr bemüht habe, es so locker wie möglich zu sagen, muss sie meine Unsicherheit, oder sogar Angst gespürt haben. Sie sah mich mit Sorge an, wie ein Arzt, der einen nervösen Patienten beruhigen möchte: »Aber kein Problem! Bitte, nehmen Sie Platz.«

Als ich in das »Ravel«-Geschäft in Hammersmith hineinging, fielen mir gleich zwei Mädchen auf, die in der Damenabteilung laut auf Englisch miteinander sprachen. Vor allem die eine ist mir aufgefallen: eine attraktive große Dunkelhaarige mit einem auffallenden Gesicht, in dem vor allem die sinnlichen Lippen und die zusammengewachsenen Brauen auffielen. Unsere Blicke trafen sich für einen Moment; ich drehte den Kopf weg, aber ihre Anwesenheit ließ mich nicht in Ruhe. Ich beobachtete verstohlen, wie sie modische braune Schuhe mit hohen Absätzen anprobierte, wie sie sich setzte, mit einer charakteristischen weiblichen Geste die Strumpfhose glättete, indem sie mit den Händen vom Knöchel bis zum Knie an ihrem Bein hochfuhr, wie sie dann die Beine übereinander legte, dann den zweiten Schuh anzog, dann aufstand, sich vor dem Spiegel drehte, mal den einen, dann den anderen Fuß hob, sich wieder drehte, um von allen Seiten zu überprüfen, wie die Schuhe saßen. Das andere Mädchen, eine kurzhaarige Blondine, musterte ihre Freundin mit kritischen Blicken.

»*They look very uncomfortable*«, vernahm ich plötzlich einen bekannten Satz und wie ein Pawlowscher Hund reagierte ich sofort:

»*They are very uncomfortable. But women always wear uncomfortable shoes.*«

Die Mädchen drehten sich gleichzeitig zu mir um.

»*Pardon?*«, sagte »meine«.

»*They are very uncomfortable*«, wiederholte ich unsicher.

Die Blonde prustete vor Lachen.

»Wie ich sehe, hast du auch aus dem Alexander-Buch gelernt!«, sagte sie auf Polnisch.

Eine Landsmännin! Eine Polin kam mir zur Hilfe! Ich war erleichtert, und gleichzeitig etwas enttäuscht. Meine Erleichterung währte nicht lange, denn das andere, dunkelhaarige Mädchen sprach kein Polnisch. Sie war Amerikanerin, das erkannte ich einen Moment später an ihrem seltsamen Akzent. Die beiden arbeiteten in einem Café im Hammersmith. Ich nahm meinen ganzen Mut zusammen und lud sie auf einen Drink ein. Einige Minuten lang sprach ich auf Englisch mit beiden. Ich erzählte einige auswendig gelernte englische Witze und Sprüche, doch nach einer Weile ging mir der Stoff aus und ich sprach nur noch Polnisch mit der Blonden.

»Nun, wie ist das mit deinem Englisch?«, fragte sie.

»Na ja, ich kann mich verständigen«, antwortete ich ausweichend.

»Ach ja? Bist du sicher?«, schaute sie zweifelnd. »Frag mich doch, ob ich schwimmen kann!«

»Was?«

»Frag mich auf Englisch, ob ich schwimmen kann.«

»*Can you swim?*«

Sie antwortete auf Polnisch: »Ich kann mich über Wasser halten. Weißt du, was das bedeutet? Das heißt, dass ich keine Ahnung vom Schwimmen habe! Ich kann nicht ins tiefe Wasser, ich würde nach einer Minute untergehen.«

Die Amerikanerin schaute irritiert; sie konnte nicht mitverfolgen, worum es ging. Sie griff nach meiner Hand, schaute mir in die Augen und sagte: »*Speak to ME* …«, bat sie mit Nachdruck.

»*What? What about* … *?*«, stotterte ich.

»*About you. About your country. Your job. Your life. Who are you?!*« fragte sie atemlos.

»Tja, sprich mit ihr!«, meinte die Polin. »Du kommst doch klar auf Englisch, du kannst dich verständigen, sagtest du. Dann wirst du doch sagen können, wer du bist und was du machst. Merkst du nicht, dass du ihr gefällst? Ich verstehe bloß nicht, was sie an dir findet …«, sagte sie spitz.

Die Amerikanerin hielt immer noch meine Hand.

»*Speak to me, please!*«, bat sie noch einmal.

Die Armee englischer Worte, die in meinem Kopf stationiert war, trat plötzlich den Rückzug an. Die Polin hatte Recht. Ich merkte, wie ich unterging.

Ich schwieg.

15.

Fibonaccis Zahlen

Die Digitaluhr an meiner Sony-Stereoanlage zeigte 10:45. Ich schaltete den Fernseher an. Die Börsenkurse mussten gleich kommen. Zwar hat es wegen einer Störung des Zentralcomputers drei Tage lang Verspätungen der Börsennachrichten gegeben, doch sollte der Computer repariert worden sein und ich hoffte nun, dass die Notierungen pünktlich kamen.

Ich schaute nach draußen. Im roten Ziegeldach gegenüber schaute wieder der Kopf des Arbeiters hervor, der das Dach reparierte. Ich dachte bei mir, wenn er jetzt »Raaauf!« schreien würde, wäre das ein Zeichen, dass meine Aktien gestiegen sind.

»Ruuunter!«, hörte ich den Ruf.

Das Schicksal wollte mich wohl für meinen Aberglauben strafen. Vielleicht hätte ich am Tag zuvor keine Aktien kaufen sollen? »Man soll nicht ins fallende Messer greifen ...«, kam mir in den Sinn. Zu spät. Es war geschehen. Ich hatte ins fallende Messer gegriffen. Zum Teufel mit dem Aberglauben!

Im Zweiten Programm kam gerade eine Sendung über gutes Polnisch. Ein berühmter Sprachforscher erklärte, wie man Worte richtig trennt. Man musste ihm lassen, dass er ein wunderbarer Redner war und aus jedem seiner Fernsehauftritte eine spannende Show machte.

»*Gryzipiórek*
Wodogrzmot
Piorunochron«,

las er vor mit der ihm eigenen Emphase, um die Worte dann langsam und nachdrücklich an den richtigen Stellen – das heißt, nach dem Wortstamm – zu trennen:

»*Gryzi-piórek*
Wodo-grzmot
Pioruno-chron.«

Ich imitierte die Bewegungen seiner Lippen und sprach es ihm unbewusst nach, und als er fertig war, drückte ich auf den Knopf der Fernbedienung. Der Polnisch-Fachmann verschwand und der Teletext wurde sichtbar. Ich suchte nach der Seite mit den Börsenkursen. Die Seite leuchtete auf dem Bildschirm auf, allerdings war sie noch leer. Nur am linken Rand sah man die Namen der notierten Firmen, in alphabetischer Reihenfolge, von Agros bis Żywiec. Ich kannte sie auswendig, ich hätte sie mit geschlossenen Augen alle nacheinander aufsagen können – wie einst die Namen meiner Schulkameraden und -kameradinnen aus der Grundschule Nr. 89, die ich über die Jahre Hunderte von Malen gehört hatte, laut aus dem Klassenbuch vorgelesen bei der Überprüfung der Anwesenheit: *Awdjenko, Baniecka, Berbecka* ...

10:59.

Ich zog meine auf Hochglanz geputzten Schuhe an und polierte sie noch einmal mit einem weichen Tuch, um jedes unsichtbare Staubkörnchen zu entfernen. Um elf müsste ich das Haus verlassen, aber auch wenn ich eine Viertelstunde später losgehen würde, konnte ich gar nicht zu spät kommen, um meinen Vater abzuholen. Ich setzte mich noch einmal vor den Fernseher. Hinter mir prangte der Turm aus alten Zeitungen und Zeitschriften, die ich immer noch nicht geschafft hatte, durchzusehen, um die wichtigsten Artikel auszuschneiden. Ich starrte immer ungeduldiger auf den Bildschirm. Welche Farbe würde ich wohl gleich auf dem schwarzen Hintergrund sehen? Grün? Würden die Kurse steigen? Rot? Dann wären die Kurse gefallen. Blau? Dann wären sie unverändert. Außer den aktuellen Tageskursen, den die Makler für jedes Unternehmen festlegten, und außer der in Prozent ausgedrückten Veränderung gegenüber dem Vortag, wurde im Teletext angezeigt, wie viele Aktien angeboten wurden. Während der Baisse gab es nur wenige, die kaufen wollten und große Verkaufsofferten blieben unangetastet bis zum Börsenschluss. Und trotzdem geschah es hin und wieder, dass das Angebot plötzlich vom Markt genommen wurde, weil es viel höher als die Nachfrage war; und dann wurde die Nachfrage größer als das Angebot, bis zu einem Moment, wo sie wieder befriedigt wurde, und die Verkäufer wieder in der Machtposition waren. Der Kampf »Angebot gegen Nachfrage« war immer sehr aufregend und ich verfolgte ihn mit zunehmender Spannung.

Sollte nun wirklich die Hausse kommen?

Jeden Tag, wenn im Fernsehen die Börsenkurse durchgegeben wurden, setzte ich mich davor und starrte auf den Bildschirm mit seinen langen Zahlenkolonnen, in der Hoffnung, dass mir ihre Sprache ein Geheimnis verraten würde, hinter das noch niemand gekommen war.

Seit einigen Wochen hatten die Kurskorrekturen vor Börsenschluss oft einen sehr merkwürdigen Verlauf genommen. Stets eine halbe Stunde vor Börsenschluss drängten sich irgendwelche Zahlenfreaks nach vorne. Die Kennziffern für Angebot und Nachfrage veränderten sich auf charakteristische Weise, so dass die Anzahl der Aktien stets durch eine bestimmte Zahl ausgedrückt war, in der sich die einzelnen Ziffern wiederholten. So erschien zum Beispiel statt der Kaufofferte von 19.175 Aktien von Universal (K 19.175) plötzlich das Angebot von 22.222 Aktien. Anstatt der angebotenen 836 Aktien der Schlesischen Bank (S 836) erschienen 888 (S 888). Und so weiter und so fort. Wie viele Zahlenfreaks es gab, und ob sie in einer Gruppe organisiert waren, das wusste wohl niemand. Anfangs haben die Börsenkommentatoren vermutet, dass einige Leute sich einfach einen Spaß daraus machten, was letztlich kaum Auswirkungen auf den Markt zeitigte. Doch schon nach kurzer Zeit befasste sich der Aufsichtsrat der Warschauer Börse mit diesen Spielchen und veröffentlichte eine amtliche Erklärung, die solche Praktiken streng untersagte. Ich vermutete, dass die Zahlenfreaks ausnehmend gewitzte Spekulanten waren, die einen Weg gefunden hatten, einander Zeichen zu geben und die Zahlen zu beeinflussen – welche Papiere gekauft, zu welchem Preis und in welcher Menge bei der nächsten Session gehandelt würden. Es war wohl eine Art Code, vermutete ich, eine Art Versteigerung – aber jeden Code konnte man letztlich knacken.

»Für mich ist das alles Schwarze Magie«, sagte mein Vater, als ich mal versuchte, ihm die Börsengesetze zu erklären. »Und außerdem soll eh bald alles zusammenbrechen. Gib doch zu, du hast sicher schon viel verloren?«

»Viel«, gab ich zu. »Aber ich werde noch mehr gewinnen. Du wirst noch an meine Worte denken!«

Gewinn und Verlust. Auf und ab. Hausse und Baisse. Wie habe ich damit angefangen? Ganz einfach. Eines Tages ging ich in ein Maklerbüro neben dem Gebäude, wo noch vor kurzem die Kommunisten ihr Zentralkomitee hatten, eröffnete ein Konto und hinterließ meine erste Order. An jenem Tag erreichte der Index der Warschauer Börse nach langen

Monaten unaufhaltsamen Aufstiegs ein Hoch von historischen 20.760 Punkten. Dann hielt er an und fing an zu fallen.

Ruhig, ruhig, der Index würde bald wieder steigen, redete ich mir immer wieder gut zu, und als die Verluste immer größer wurden, tröstete ich mich mit dem berühmten Satz der großen Investoren: »Ich hatte einen guten Anfang: Ich verlor.« Ein halbes Jahr ging vorbei, dann anderthalb, und die Baisse hielt an; und irgendwann musste ich an die Worte meines Fahrlehrers denken. Bei der ersten Fahrstunde, als ich mich hinter das Lenkrad gesetzt hatte, befahl er mir, auf einen stark befahrenen Kreisverkehr im Zentrum der Stadt zu fahren, dann plötzlich anzuhalten und den Motor auszumachen. Ich tat, was er sagte und legte innerhalb von Minuten den ganzen Verkehr im Zentrum lahm. Nach einer Weile, total verwirrt und erschrocken durch das Hupkonzert und die Beleidigungen der anderen Fahrer, fragte ich den Fahrlehrer, was nun zu tun sei.

»Nichts. Rein gar nichts«, antwortete er phlegmatisch. »Bleib einfach hier sitzen und mach dich mit der schwierigen Lage vertraut.«

Aus Fachbüchern, die ich mir nach und nach besorgte, erfuhr ich, dass es an der Börse keine anderen Situationen gab, als nur schwierige. Ich studierte diese Bücher gierig, genauso wie in meiner Kindheit die Angler-Ratgeber, und ich konnte mich des Eindrucks nicht erwehren, dass beides sehr viel miteinander zu tun hatte. Sind die Konjunkturwechsel an der Börse durch Zufall und Chaos bedingt, oder konnte man darin eine gewisse Ordnung erkennen, irgendeine Zielgerichtetheit, irgendeine Art von Harmonie? Die meisten Autoren, international anerkannte Koryphäen der Materie waren der Meinung, dass das Kaufen und Verkaufen von Aktien auf der ganzen Welt einem bestimmten Rhythmus unterlag.

Einem Rhythmus, der nicht nur in den Handlungsweisen der menschlichen Existenz, sondern in der gesamten Natur sichtbar wurde – in den Zyklen des Auftretens der Sonnenflecken, im Zyklus der erfolgreichen Fangperioden des atlantischen Lachses, in den Zyklen der Wanderungen von Fischen und Vögeln, in den Zyklen großer Schlachten, in Zyklen der Entstehung großer literarischer Werke, und Gott weiß worin noch.

Am liebsten las ich über Fibonacci. Die endlose Zahlenreihe, die von dem Genie Leonardo da Pisa entdeckt worden war – 1, 2, 3, 5, 8, 13, 21, 34, 55, 89, 144 usw. – und der sich daraus ergebende Quotient, den man nie exakt bestimmen konnte – 0,618 – die Zahl der »sich drehenden Quadrate«, der »göttlichen Proportion«, des »Goldenen Schnittes«, mit dem 21. Buchstaben des griechischen Alphabets bezeichnet, π – die mathematische Grundlage für jegliche Formen. Für die Vorhersage von Börsenkursen, für Muscheln, Tannenzapfen, Hörner, Wellen, Hurricanes, Spinnweben. Warum? Das konnte bisher niemand erklären.

Die Digitaluhr auf der Sony-Strereoanlage zeigte 11:14. Der Bildschirm meines Fernsehers blieb dunkel. Die Bekanntgabe der Notierungen verzögerte sich wieder einmal. Das Telefon klingelte. Ich ging nicht ran. Mein Vater wollte sicherlich nur prüfen, ob ich schon aus dem Haus gegangen war. Nach fünfmaligem Klingeln schaltete sich der Anrufbeantworter ein. Ich hörte meine eigene Stimme:

»Hier ist der Anschluss Warschau drei, drei, drei, sieben, zwei, drei. Bitte hinterlassen Sie eine Nachricht.«

Der Anrufer legte auf. Ich nahm die Fernbedienung in die Hand, um den Fernseher auszuschalten – doch gerade in dem Moment, als ich auf den Aus-Knopf drücken wollte, erwachte der Bildschirm zu neuem Leben. Eine Zahlenreihe erschien. Die Farbe Blau dominierte. Die Kurse der meisten

Unternehmen hatten sich seit gestern nicht verändert. Keine großen Schwankungen. Harmonie.

Im Augenblick überwog das Angebot, aber das konnte sich bald wieder ändern. Ich beschloss, noch eine Minute zu warten. Endlich! Es ging los! Großer Gott! Ich sah, wie 100 000 Aktien der Okocim-Brauerei durch eine Kauforder vom Markt genommen wurden und …

Länger konnte ich nicht warten.

16.

Leben unter der Brücke

Als ich die Wohnung verließ, lief ich der Hauswärterin in die Arme. Sie stand vor der Tür mit einem Zettel in der Hand und wollte gerade klingeln, als ich hinaus wollte.

»Oh, Se sind ja da, wollten grad los, wie? Und ich wollt zu Ihn'. Ham' Se schon gehört? Die nehm' uns die Mutter Gottes weg!«

Ich komme zu spät, dachte ich für eine Sekunde, doch ich antwortete: »Was? Mutter Gottes?«

»Na, die Mutter Gottes, die nehm'se uns weg. Die von unten vorm Haus. Wenn Se damit nich einverstanden sind, unterschreiben Se mal.« Sie schob mir einen Zettel mit den Unterschriften der anderen Hausbewohner zu und drückte mir einen Stift in die Hand. Ich unterschrieb. Die Figur der Mutter Gottes stand angeblich schon seit siebzig Jahren vor dem Haus gegenüber. Wer sollte sie da wegnehmen, und warum? Ich hatte jetzt keine Zeit, um darüber zu diskutieren. Die Hauswärterin schaute über meine Schulter in die Wohnung hinein. Der Bücherstapel an der Wand gegenüber der Wohnungstür neigte sich bedrohlich zur Seite.

»Ich muss mich jetzt wirklich entschuldigen, sonst komme ich zu spät, um meinen Vater abzuholen.« Ich schloss die Tür und wollte an ihr vorbeigehen.

»Se ham zu viele Bücher. Die machen die Luft schlecht.«

Der Schlüssel im unteren Türschloss wollte sich ums Verrecken nicht drehen.

»Tja, was soll ich damit machen?«, seufzte ich.

»In den Keller mit denen!«, riet mir die Hauswärterin. »Da können se sitzen.«

Ich lief die Treppe hinunter.

Mein Auto stand unter einem Baum, einige Schritte vom Haus entfernt. Ein Geländewagen, ein russischer Niva. In Warschau hatten den nur wenige Leute. Bei schwierigen Wetterverhältnissen, bei Schnee und Matsch, war er unersetzlich. Zwar rumpelten die dicken Reifen ganz höllisch beim Fahren, doch ich hatte mich daran gewöhnt. Ich hatte den Niva aus zweiter Hand, habe ihn eines Tages in einer Kleinanzeige gefunden. Ein Ingenieur, der in Wladiwostok arbeitete, kaufte ihn für seinen Sohn, doch der Junge wollte lieber einen japanischen Jeep und brauchte das Geld, so dass er den Niva verkaufte. Seltsam war nur, dass Wladiwostok zum wiederholten Mal in meinem Leben auftauchte.

Ich ging auf das Auto zu und bemerkte etwas Rotes auf der Motorhaube. Ein Wecker? Ich schaute nach – tatsächlich. Ein billiger roter Plastikwecker. Ich nahm ihn in die Hand, er funktionierte nicht. Die Zeiger waren auf fünf Uhr stehen geblieben. Neben dem Wecker lag eine leere Wodkaflasche der Marke *Byk*. Bulle. Der Bulle, das Symbol für die Hausse. Vielleicht war es ein gutes Omen? Ich schloss den Wagen auf und warf beide Gegenstände in den Kofferraum. Der Motor sprang gleich beim ersten Mal an.

»Merke dir, der Mensch muss immer auf alle Eventualitäten vorbereitet sein«, hörte ich die Stimme meines Vaters im Kopf. Seine Nervosität war wirklich ansteckend. Ich wollte nichts Böses provozieren. Aber der Niva klang nicht gut; er war schon länger in keinem sonderlich guten Zustand. Einige Tage zuvor hatte ich den Motor an einer Kreuzung abgewürgt und kam bei Grün nicht von der Stelle. Die Vorderachse war blockiert. Eine sehr unangenehme Geschichte –

der Wagen bleibt stehen und lässt sich um nichts in der Welt bewegen, weder vor noch zurück noch zur Seite, man kann ihn auch nicht abschleppen, sondern höchstens mit einem Transporter abholen.

Ich fuhr die Potocka-Straße hinunter zum Weichselring. Welche Brücke sollte ich nehmen? Die Śląsko-Dąbrowski? Es war meine Lieblingsbrücke. In meiner Kindheit quälte ich meinen Vater dauernd damit, dass wir hinfahren sollten. Wir standen dann am Weichselufer, am ersten Pfeiler und schauten die Brücke von unten an. Sogar an heißen Tagen war es dort unten angenehm kühl.

»Schau dir die Innereien an!«, sagte mein Vater und zeigte auf das Gewirr aus Rohren und Kabeln, von denen das Wasser tropfte. Wenn oben eine Straßenbahn vorbeifuhr, zitterte die Brücke wie der schreckliche Riese Bodo aus dem Text des Deutschbuches.

»Ihr werdet sehen, wenn das so weiter geht, werden wir alle noch unter einer Brücke landen«, sagte meine Mutter manchmal, und obwohl sie sich alle Mühe gab, dass es wie eine Drohung klang, eine schlimme Prophezeiung, die Ankündigung einer Katastrophe, die uns früher oder später treffen sollte – natürlich aus Vaters Schuld – hatte ich damals kein bisschen Angst. Im Gegenteil: die Perspektive, den Rest meines Lebens unter der Śląsko-Dąbrowski-Brücke zu verbringen, fand ich sehr angenehm. Ich stellte mir vor, wie wir auf einem Hausboot auf der Weichsel leben würden; dann könnte ich, ohne das Haus zu verlassen meine Angel auswerfen. Und wenn ich groß wäre, könnte ich Brückenwächter werden; ich würde sie Tag und Nacht bewachen, und für eine geringe Bezahlung würde ich allen Leuten Geschichten über die Brücke erzählen. Die Śląsko-Dąbrowski-Brücke war in Wirklichkeit viel älter, als es aussehen mochte. Sie wurde auf den Pfeilern der alten Kierbedź-Brücke erbaut, die im

Zweiten Weltkrieg zerstört worden war. Nur die Pfeiler waren erhalten geblieben. Und die Pfeiler, sagte mein Onkel Jasio immer, seien am wichtigsten, noch wichtiger als die Brückenjoche.

»Und hier, meine Herrschaften«, würde ich den Besuchern erzählen, »genau hier, über der Weichsel, sollte die Kierbedź-Brücke den Osten mit dem Westen verbinden. Zwei Eisenbahnlinien, die Linie Petersburg–Warschau und Warschau–Wien, kamen sich auf den beiden Flussufern gegenüber, doch sie konnten nie zueinander finden, denn die Spurweite der Petersburg-Warschau-Linie betrug 1524 Millimeter, während die Gleise der Warschau-Wien-Linie 89 Millimeter schmaler waren – wie übrigens auch auf dem gesamten europäischen Kontinent. Das Jahr 1860 kam ...«, würde ich weitererzählen, »und im Oktober kam Zar Alexander der Zweite zusammen mit seinem Sohn Alexander dem Dritten, um in Warschau den Grundstein für die Brücke zu legen. Im Fundament wurde ein luftdicht verschlossenes Rohr mit speziell für diesen Anlass geprägten Silbermünzen eingemauert. Der leitende Bauingenieur reichte dem Zaren eine Kelle und einen kleinen ziegelförmigen Granitblock; und dann gab ihm der Oberstleutnant Smolikowski Mörtel, den der Zar dann aufs Fundament warf, und die Maurer glätteten die Oberfläche und stellten einen riesigen Granitblock darauf. Ja, meine Herrschaften, denselben, den Sie hier sehen!«

Ich fuhr auf die Brücke. Die dicken Reifen rollten auf den nassen Pflastersteinen mit einem leisen Klatschen, und für einen Moment war mir, als hörte ich den Betonmischer arbeiten: »B-l, b-l, b-l, b-l, b-lal, b-lal, b-lal ...«

Auf der Brücke musste ich langsamer werden. Es gab einen Stau. Vor mir ging es nur schleppend voran. Ganz weit vorne sah ich das Schild: Straßenverengung, und noch weiter das Auto der Straßenwacht mit der gelben Rundumleuchte auf dem Dach. Der Wagen blockierte die rechte Spur. Und alle Autos fuhren auf die linke und verstopften die Straße. Ich schaute auf die Uhr. Zwanzig vor zwölf. Ich hatte noch zwanzig Minuten. Langsam, langsam, nur ruhig, ich würde es schon schaffen. Mitten auf der Brücke fiel mir plötzlich die Geschichte meiner Großmutter ein. Der mittlere Pfeiler. War es möglich, dass man im Mittelpfeiler der Kierbedź-Brücke bei lebendigem Leibe Rebellen eingemauert hatte, die sich gegen den zaristischen Statthalter erhoben?

»Vieles ist zwar möglich, aber gerade das erscheint mir unwahrscheinlich!«, meinte ein befreundeter Architekt, der gerade ein Buch über die schönsten Brücken der Welt schrieb. »Wenn man im Pfeiler der Brücke tatsächlich Menschen eingemauert hätte, dann müsste es dort eine Art Krypta geben. Wie stellst du es dir vor? Brückenpfeiler werden aus riesigen Blöcken gemacht«, sagte er und gebrauchte alle möglichen Fachtermini wie »hydraulischer Mörtel«, »Wąchocker Sandstein« und »verzinkte Want«. Dann erklärte er mir, dass die einzelnen Blöcke ganz eng miteinander verbunden sein mussten.

»Etwas anderes sind natürlich die Zylinder unter den Pfeilern«, begeisterte er sich für seinen Vortrag. »Zylinder mit dem Durchmesser von fünf Metern, aus gewalztem Stahl. Unter jedem Pfeiler gibt es davon vier. In diese Zylinder hätte man problemlos Menschen hineinwerfen und zubetonieren können. Und wenn es wahr wäre, könnte man nicht ausschließen, dass sich diese Menschen bis heute da drin befinden.«

Ich fuhr durch den verengten Straßenabschnitt, doch die Autos vor mir fuhren weiterhin im Schneckentempo. Auf der Kreuzung vor dem Krankenhaus der Heiligen Verklärung Christi erlebte ich einen Moment des Schreckens. Ich stand an der Ampel, und als es Grün wurde, wollte der Niva nicht anfahren. In dem Moment war ich sicher, dass die Vorderachse wieder blockierte. Ich schaltete den Rückwärtsgang ein und ließ die Kupplung kommen. Im Getriebe knackte es, doch als ich vom Rückwärtsgang in den Ersten schaltete, fuhr der Niva an, als wäre nichts gewesen. Was für eine Erleichterung!

Viertel vor zwölf war ich schon in der Nähe des Wilnaer Platzes, fuhr am Denkmal der Waffenbrüderschaft vorbei, auch Denkmal der Vier Schlafenden Brüder genannt. Das Denkmal wurde 1945 errichtet, für die Soldaten der siegreichen Roten Armee. Es wusste keiner warum, aber die Köpfe der vier versteinerten Soldaten waren nach unten gesenkt. Ich schaute hoch, da, wo ein überdimensionaler Rotarmist in einem schweren Mantel einen weiten Anlauf nahm, um eine Handgranate zu schleudern. Wenn er es tatsächlich täte, würde er ganz sicher die unweit davon stehende orthodoxe Kirche der Heiligen Magdalena treffen; und eine ihrer vergoldeten byzantinischen Kuppeln. Ich bog in die Targowa-Straße ab. Hier gab es keinen sonderlichen Verkehr. Ich musste nur einmal halten, an der Ecke der Kępna-Straße, wo ein Kühlwagen die Straße versperrte. Männer trugen gerade eingefrorene Fleischstücke in einen Laden hinein. Ich erinnerte mich an meinen Traum der letzten Nacht und dachte, dass ich ihn entschlüsseln könnte, wenn ich endlich das Buch schreiben würde, das ich schon immer schreiben wollte. Diese Unmengen von herausgerissenen menschlichen Zungen, die keine Sekunde aufhörten zu zappeln, die sich unaufhörlich bewegten, in fieberhaften Zuckungen, als ob die ganze grausam verletzte Menschheit, als ob die ganze Welt – diese Welt? – um Hilfe riefe ... nach etwas fragte ... etwas verfluchte ... um etwas betete ... um Vergebung bat.

Was hatte mir meine Mutter wohl einige Tage vor ihrem Tod noch mitteilen wollen? Ich wusste, dass sie mich aus dem Krankenhaus angerufen hatte, gerade, als ich auf dem Weg zu ihr war.

»Hast du meine Nachricht bekommen? Ich habe auf den Anrufbeantworter gesprochen ...«, sagte sie.

»Nein, ich konnte es nicht mehr entgegennehmen, ich war schon unterwegs.«

»Dann höre es bitte nicht ab, ich möchte das nicht.«

»Warum nicht, Mama?«

»Weil ich dich sehr darum bitte. Darum. Versprichst du mir das?«

Ich versprach es ihr. Als ich nach Hause zurückkam, blinkte das rote Lämpchen des Anrufbeantworters. Ich habe die Nachricht nicht abgehört. Ich nahm die Kassette aus dem Gerät heraus, spulte das Band zurück, tat sie in einen Umschlag und versteckte das alles in einer Schublade meines Schreibtisches.

Eine Minute vor zwölf.

Ich parkte den Wagen und rannte los, um meinen Vater abzuholen. Im zweiten Stock, hinter der Tür der stocktauben Greisin, die ihr Radio immer sehr laut stellte, hörte ich das Stundenzeichen.

Es war zwölf Uhr.

17.

Der Verdienst der Jahre

Mein Vater wartete schon in der Tür, ausgehbereit.

»Na endlich! Zum Glück; ich war schon überzeugt, du würdest dich verspäten.«

Ich klopfte mir den Schnee von den Schuhen. Das Rennen hatte mich erschöpft, ich musste nach Luft schnappen.

»Warum? Ich habe es doch versprochen, Punkt zwölf hier zu sein.«

»Die Leute erzählen viel, wenn der Tag lang ist«, sagte er abwinkend.

Nach der schlaflosen Nacht sah er ziemlich schlecht aus. Rote Äderchen durchzogen die blasse Haut seiner eingefallenen Wangen, seine Augen waren blutunterlaufen und glänzten fieberhaft. Er atmete schnell und laut, sog die Luft krampfartig ein.

»Fühlst du dich wohl?«, fragte ich beunruhigt.

»Wunderbar, alles wunderbar, warum sollte ich mich unwohl fühlen?«

»Vielleicht sollten wir das alles verschieben? Du siehst nicht sonderlich gut aus.«

»Verschieben? Bist du wahnsinnig?« Vaters Gesicht wurde augenblicklich purpurrot. »Hör auf mich zu ärgern, wenigstens heute...«

»Ruhig, Papa«, versuchte ich zu beschwichtigen.

Mein Vater schaute noch einmal in den Spiegel. Er richtete die Krawatte mit dem Emblem des Kadettenkorps, einer aufgehenden Sonne. Mit einem metallenen Kamm fuhr er sich noch einmal durch die Haare, dann überprüfte er, ob er seine Schlüssel und den Geldbeutel mit hatte. Im Aufschlag seines Jacketts bemerkte ich eine Anstecknadel – eine Miniaturversion des Ehrenkreuzes.

»Worauf wartest du noch? Wir gehen!«, befahl er und nahm den Mantel vom Haken.

Ich ging in den Flur, um ihm mit den Päckchen zu helfen. Dem Geruch nach zu urteilen, der durch die Wohnung schwebte, hatte er die halbe Nacht Plätzchen gebacken, die nun in den Kartons steckten.

»Nimm das!« Er drückte mir einen Firmen-Karton mit einer Blikle-Torte in die Hand.

»Pass bloß auf! Vorsicht! Oh, du lässt es doch gleich fallen, Junge, halte den Karton doch von unten. Ich möchte, dass die Torte heil ankommt.«

»Soll ich noch etwas nehmen?«

»Das reicht schon, lass mal.« Mein Vater hob zwei Kartons mit Plätzchen auf. »Ich sagte doch, lass es!« Er ließ sich nicht helfen, wollte sich nicht einmal den kleineren wegnehmen lassen. »So, nun los, wir gehen!« Er ließ mich vorgehen.

Beim Hinausgehen sah ich seine schwarzen Schuhe, die auf Schuhspannern unter dem Hocker standen. Er hatte die weinroten an. Wir gingen die Treppe hinunter.

»Steht dein Wagen weit von hier?«

»Nein, ganz in der Nähe.«

Nicht zum ersten Mal musste ich daran denken, dass mein Vater immer kleiner wurde, dass er immer mehr schrumpfte. Ich war schon immer einige Zentimeter größer als er, aber nun erschien es mir, als sei er mindestens einen halben Kopf kleiner.

»Ich habe zu wenig Plätzchen, ganz sicher. Ich musste die Hälfte wegschmeißen, weil sie angebrannt waren.«

»Das wird schon reichen. Du hast doch selbst gesagt, dass du keine große Party veranstalten willst. Es soll doch ganz schlicht werden.«

»Ja, das habe ich gesagt. Man sollte den Leuten trotzdem etwas bieten können.«

Das Haus, in dem ich mit meinen Eltern gewohnt hatte, war – wie übrigens alle in der näheren Umgebung – zu den Zeiten von Władysław Gomułka gebaut worden und zeigte ganz offen und schamlos seine billige Bauweise. Eigentlich war unsere Wohnung schon nach zwei Jahren für eine Renovierung fällig. Am schnellsten gingen die Fenster kaputt. Bei jedem Regen flossen regelrechte Wasserfälle in unsere Wohnung, so dass wir mit den Eimern nicht nachkamen. Mein Vater kämpfte jahrelang mit der Hausverwaltung, damit die Schäden repariert wurden, doch ohne Erfolg.

Zum Ende ihres Lebens hin begann meine Mutter noch einmal, von einem Umzug zu träumen. Noch ein Jahr vor ihrem Tod war sie überzeugt, dass es nicht ihre endgültige Adresse werden würde. Hätte ich die Art von Karriere gemacht, von der sie träumte, hätte ich ihr schließlich eine eigene Wohnung oder ein richtiges Haus kaufen können.

»Heniek ist angeblich wieder aus dem Gefängnis entlassen worden, hast du ihn gesehen?«, wollte mein Vater wissen.

Entlassen? Ich war überzeugt, dass er diesmal lebenslänglich bekommen hatte und keine Chance hätte, je wieder rauszukommen. Seine Haftstrafen für Einbrüche und Überfälle wurden immer länger. Er ging ins Gefängnis, kam wieder heraus, ging wieder rein, kam wieder raus, und so zwanzig Jahre lang. Wenn er mit rasiertem Kopf kurz vor Weihnachten auftauchte, wussten alle, dass er wieder einmal Ausgang hatte. Heniek wohnte im Nachbarblock, im dritten Stock, genau wie wir. Das Fenster meines Zimmers ging direkt auf seinen

Balkon. Wenn ich über meiner Schreibmaschine hockte und er auf seinem Balkon herumhing, trennten uns nur dreißig Meter; ich war immer überzeugt, dass er mich beobachtete.

Eines Tages rief er mir zu: »Hey, du!«

Ich tat so, als hätte ich es nicht gehört.

»Eeeey, du! Ich kann dich sehen!«, rief er wieder.

Ich kauerte mich auf meinem Stuhl. Was wollte er von mir, was sollte ich ihm antworten? Was nur? Was konnte Heniek von mir wollen?

»Eeeey, duhu!«, rief er zum dritten Mal und streckte einen Blechbecher in meine Richtung, in dem er gerade noch etwas umrührte. »Ich habe Pudding gekocht!«

Dieses Mal erstaunte er mich gänzlich. Pudding gekocht! Und das meinte er, mir triumphierend vom Balkon verkünden zu müssen? Das Schlichte und Offensichtliche dieses Satzes berauschte mich geradezu. Hätte ich ihm irgendetwas über mich mit so viel Überzeugung mitteilen können?

»Nein, Papa, ich habe Heniek seit Ewigkeiten nicht mehr gesehen.«

Ich half meinem Vater, in den Niva einzusteigen. Er konnte sich nicht alleine anschnallen, weil ihm die Wirbelsäule Probleme machte. Die Kartons mit den Plätzchen legte er sich auf den Schoß. Er war so nervös, dass er dauernd gähnen und auf die Uhr schauen musste. Wir fuhren los.

»Ich bin gespannt, ob du eine Auszeichnung bekommst. Oder einen Preis«, überlegte ich laut.

»Warum sollte ich, wofür denn?«, wunderte er sich.

»Alleine schon dafür, dass du in diesem Krankenhaus vierzig Jahre ohne Unterbrechung gearbeitet hast.«

»Sechsundvierzig«, korrigierte er mich. »Genauso lange, wie du auf der Welt bist.«

»Ist das wirklich wahr, dass du in den sechsundvierzig Jahren keinen einzigen Tag gefehlt hast?«

»Das stimmt.«

»Bist du denn nie zu spät gekommen?«

»Niemals!«

»Warst du nie krank?«

»Doch.«

»Und was hast du dann gemacht?«

»Was hätte ich machen sollen? Ich bin arbeiten gegangen. Man kann jede Krankheit besiegen.«

»Dann wirst du wohl eine Auszeichnung für deine Dienstjahre bekommen.«

»So eine Auszeichnung gibt es aber nicht. Außerdem, wozu brauche ich noch Preise und Auszeichnungen? Weißt du, wovon ich träume? Dass das alles endlich vorbei ist und ich ausschlafen kann.«

Aus heiterem Himmel fiel mir ein Satz aus Vaters Lebensgeschichte ein, wie sie in der Quartalzeitschrift *Der Fähnrich* stand: »Nach dem Besuch des Kadettenkorps Nummer 1 in Lwow entschied sich Rudolf Hintz für die Infanterie.«

»Nun gut ...«, überlegte ich, »eins verstehe ich trotzdem nicht.«

»Nur eins?« Zum ersten Mal an diesem Tag schien auf dem Gesicht meines Vaters so etwas wie ein Lächeln zu erscheinen. »Ich glaube, dass du noch sehr viele Dinge nicht verstehst.«

»Ich verstehe nicht«, fuhr ich fort, »warum du jeden Tag eine Stunde zu früh aus dem Haus gegangen bist.«

»Warum? Um nicht zu spät zu kommen, natürlich!«

»Doch du wärest auch nicht zu spät gekommen, wenn du um halb acht aus dem Haus gegangen wärest – stattdessen bist du immer schon um halb sieben los!«

»Ich habe es dir doch schon so oft gesagt: Der Mensch muss auf alle Eventualitäten vorbereitet sein.«

»Ja, gut.« Ich gab nicht auf. »Und wenn du tatsächlich ein

oder zwei Mal zu spät gekommen wärst – was wäre passiert? Was wäre das für ein großes Unglück?«

»Ich hätte die Anwesenheitsliste nicht unterschrieben.«

»Na und?«

»Ich hätte in die Verwaltung gehen müssen.«

»Dann wärest du eben hingegangen.«

»Sonst noch etwas? Dieses Vergnügen wollte ich mir ersparen. Ich kann mich noch an die Tanten aus der Verwaltung erinnern, die drei. Ganz schlimme Weiber, und so parteitreu.«

»Hattest du Angst vor ihnen? Warum denn? Was hätte passieren können? Sie hätten dich doch nicht gefeuert, oder dir die Hälfte deines Lohnes abgezogen. Doch nicht wegen einer Verspätung.«

»Nein.« Mein Vater schüttelte den Kopf. »Deswegen nicht. Aber sie hätten mich abgemahnt. Und das wäre mir unangenehm gewesen. Verstehst du das?«

Ich überlegte eine Weile.

»Ja, ich verstehe.«

»Ich fürchte, das tust du nicht ...«

Viertel nach zwölf waren wir da. Direkt vor dem Krankenhaus war kein Parkplatz, so dass ich noch einmal herumfuhr und in der Nähe des Bahnhofs parkte. Wir stiegen aus. Dann nur noch ein paar Schritte durch die Unterführung und wir waren da.

Bevor der Heilige Geist herabkam und das Antlitz der Erde erneuerte – unserer Erde – bevor die Kommunisten ihre Macht verloren, bevor Mauern niedergerissen wurden, bevor das Imperium zusammenbrach, gab es in der Unterführung des Zentralbahnhofs einen Lebensmittelladen und zwei Zeitungskioske. Leere, von geisterhaftem Licht beleuchtete Korridore führten in eine riesige Betonhöhle, in der ein steter eiskalter Durchzug herrschte. An den dicken Säulen, die die Decke stützten, hingen Schilder mit der Aufschrift:

HANDELSTÄTIGKEIT IN DER UNTERFÜHRUNG VERBOTEN! Darunter saßen Frauen unbestimmten Alters und verkauften Blumen, die auf dreckigen alten Wolldecken ausgebreitet waren. Jedes Mal, wenn aus den Tiefen der Unterführung mit langsamen schlafwandlerischen Schritten Ordnungskräfte auftauchten, sammelten die Frauen in einem unglaublichen Tempo ihre Sachen ein, warfen sich die Bündel mit den Blumen auf den Rücken und verschwanden spurlos – nur um genauso rasch wieder aufzutauchen, sobald die Gefahr vorbei war.

Gott weiß, was mich immer in diese Katakomben zog. Lange Jahre fuhr ich fast jeden Tag zum Zentralbahnhof, ging hinunter und begann mit meinem rituellen Durchgang. Ich lief alle Ecken ab, was insgesamt über eine Stunde dauerte. Habe ich dabei auf eine Erleuchtung gehofft? Ich wusste es selbst nicht. Diese Hoffnung hat sich nie erfüllt, und die lebenden Bilder, die ich sah, erschienen mir nicht als passendes literarisches Material.

– Der dicke Clochard Zdzisław, ein riesiger Kerl mit dem Gesicht eines sanften Kindes, der sich mit Mühe selbstgebastelte Pappschuhe an die Füße bindet und sie dann mit weißen Plastiktüten abdichtet.

– Der ältliche Homosexuelle mit einem Tennisschläger über der Schulter, vor der Tür der öffentlichen Toilette wartend; in der anderen Hand einen sorgfältig frisierten Miniaturpudel an einer langen Leine.

– Die alte buckelige Prostituierte, die mit ihren winzigen Fäusten auf einen Säufer mit offenem Hosenstall losgeht und schreit: »Mein Mund ist kein Klo!«

– Der Spielzeugverkäufer mit seinen Spinnen aus schwarzem klebrigen Gummistoff, die er mit einem leisen Platsch gegen die Betonwand wirft, damit sie von oben nach unten kullern können.

»Ich bin mir nicht sicher, ob wir den richtigen Weg genommen haben«, sagte ich nach einer Weile zu meinem Vater. Seit die Katakomben des Zentralbahnhofs zu einem Handelszentrum umgebaut worden waren, fand ich mich zwischen Hunderten von Läden, Kiosken, Bars, Wechselstuben, Ständen und Imbissstuben nicht mehr zurecht.

»Keine Bange, mit mir gehst du nicht verloren«, beruhigte mich mein Vater, doch dann bog er nach rechts ab, und nach einigen Minuten waren wir in der Unterführung im Kreis gelaufen, und kamen an derselben Stelle wieder heraus. Mein Vater konnte seinen Fehler natürlich nicht zugeben.

»Eins verstehe ich nicht«, begann er irritiert, »warum kannst du nicht im Gleichschritt mit mir gehen? Das ist doch nicht so schwer! Man merkt gleich, dass du nicht in der Armee warst.«

Ich sah hinunter auf Vaters Füße. Dann versuchte ich, im gleichen Schritt wie er zu laufen, doch schon nach einigen Metern kam ich durcheinander. Schließlich blieb mein Vater für einen Augenblick in der Nähe eines Kiosks stehen.

»Ich habe noch keinen Kalender für nächstes Jahr. Vielleicht brauche ich aber keinen, wenn ich nicht mehr arbeiten gehe. Das hat wohl keinen Sinn.«

»Warum denn keinen Sinn?«, protestierte ich. »Warte mal, ich kaufe dir einen. Schau doch mal, was sie für eine Auswahl haben.« Ich beugte mich über der Auslage.

»Vielleicht dieser?« Ich zeigte meinem Vater einen Kalender des Paulus-Verlags.

»Nein.« Er schüttelte den Kopf. »Der ist mir zu groß.« Wonach er sich den kleinsten und billigsten aussuchte. Ich wollte bezahlen, doch mein Vater zog sofort seinen Geldbeutel aus der Tasche.

»Papa, ausgeschlossen!« Ich bremste seine Hand. »Ich werde dir doch wohl einen Kalender schenken dürfen. Zumal an einem so besonderen Tag!«

In das Krankenhaus gelangten wir von der Seite der Aufnahme. Der Pförtner erblickte meinen Vater und kam aus seinem Kabuff heraus.

»Herr Hintz, schönen guten Tag! Alle warten schon!«

»Heute ist das letzte Mal. Irgendwann muss Schluss sein.«

»Schluss?«, wiederholte der Portier pikiert. »Warum das? Wir werden uns immer freuen, wenn Sie uns besuchen, Herr Hintz!«

Ich legte den Karton mit der Blikle-Torte auf eine Bank.

»Du kannst gehen«, sagte mein Vater. »Vielen Dank für alles.«

»Bist du sicher, dass ich nicht später vorbeikommen soll, um dich abzuholen? Du wirst sicherlich Unmengen von Blumen bekommen.«

»Ich bin ganz sicher. Świrski hat versprochen, mich nach Hause zu fahren. Ich kann ja bei einer anderen Gelegenheit auf dich zurückgreifen.« Er gab mir zum Abschied die Hand.

»Ihr Sohn?«, fragte der Portier.

»Mein Sohn«, bestätigte mein Vater, dann verschwanden sie zusammen im Aufzug.

Der Portier schloss hinter sich die Tür zu. Ich wartete, bis der Aufzug anfuhr.

18.

Der doppelzüngige Mensch

»Wissen Sie, wie lange es noch dauern wird ...?«, sagte Herr Szumski, Ingenieur, Besitzer des Copy-Shops *Delta* an der Słowacki-Straße. Aus einem hochmodernen Kopierer fielen in einem Halbbogen die Kopien meiner Geburtsurkunde heraus. »Hundert, maximal hundertzwanzig Jahre.«

»So schnell? Und dann Schluss?«, wunderte ich mich. »Sind Sie sicher?«

»Ich bitte Sie!«, sagte er pikiert.

Meisterhafte Betonung. Nach seinem »Ich bitte Sie!« konnte ich keine Zweifel mehr haben. Herr Ingenieur Szumski gab mir nicht zum ersten Mal zu verstehen, dass er genau wusste, was er da sagte. Das Ende der westlichen Zivilisation war seine Obsession. Er hatte alles durchgerechnet. Alles nachgeprüft. Alles analysiert. Wenn er zu seinem Vortrag ansetzte, gab es keine Macht, die ihn unterbrechen konnte. In der letzten halben Stunde versuchte er, mich zu überzeugen, dass Sodom und Gomorrha tatsächlich existiert hatten und dass die Sprachverwirrung der Erbauer des Turmes zu Babel nicht nur eine Strafe für den Hochmut war – es war auch eine Chance für die Menschheit, die sie allerdings nicht zu nutzen verstand.

Herr Ingenieur Szumski war für mich schon immer eine literarische Figur. In seinem Aussehen war etwas Dämonisches: die weißen, im Nacken auf den Kragen fallenden Haare, ausdrucksstarke kluge Augen, die Geste, mit der er an seinem Siegelring drehte. Er erinnerte mich an jemanden – etwa Woland aus *Meister und Margerita*. Ja, das war es. Woland hätte so aussehen können. Wenn Szumski über die Begebenheiten aus dem Alten und dem Neuen Testament dozierte, konnte ich mich des Eindrucks nicht erwehren, dass er sich gleich, in der nächsten Sekunde, über mich beugen und mir vertraulich zuflüstern würde: »Wissen Sie, ich war dabei ... ich war tatsächlich dort ... incognito natürlich ... Nun, wenn ich Sie bitten dürfte, dass Sie das freundlicherweise für sich behalten, absolute Diskretion, psssst ...«

»Haben Sie jemals darüber nachgedacht«, Herr Ingenieur Szumski trommelte mit den Fingern auf den Kopierer, »haben Sie je überlegt, worin das Pfingstwunder bestand? Im Heiligen Geist? Im Sprechen in Zungen?«

»Ich denke regelmäßig darüber nach«, gab ich zurück.

»Na, da haben Sie es. Und ich denke oft darüber nach, was wir als Nation aus der Gabe der Sprache gemacht haben. Aus unserer eigenen, nicht aus anderen Sprachen. Sind Sie der Meinung, dass wir sprechen können, dass wir tatsächlich sprechen können? Nein, Sie wären im Irrtum, wenn Sie wirklich so dächten. Unsere Sprache an sich ist tot. Wir geben Laute von uns, das ja, wir sprechen zwar Worte aus, aber sie sind immer weniger mit Sinn erfüllt. Dieser ganze entsetzliche Lärm um uns herum ist vollkommen leer, sinnentleert; dieses Meer aus Worten ist eine Wüste. Wir sind wie ...«

»Tauben, die plappern«, fiel ich ihm ins Wort.

»Das ist es! Exakt! Wir sind alle plappernde Tauben!« Herr Ingenieur Szumski reichte mir meine Kopien. »Der Preis wird hoch sein. Wir werden einen entsetzlich hohen Preis dafür zahlen müssen. Sie verstehen es doch, ich beobachte Sie doch schon seit Langem. Sie wissen es, und ich sage es Ihnen trotzdem noch mal: hundert, maximal hundertzwanzig Jahre und es ist vorbei. Vorbei mit unserer Zivilisation.«

Ich bedankte mich und bezahlte. Herr Ingenieur Szumski brachte mich zur Tür.

»Was ich schon immer wissen wollte – warum haben Sie Ihren Kopierladen *Delta* genannt?«

»In der Mathematik bedeutet Delta Zuwachs. Und bei mir Zuwachs an Erfolg«, erklärte er mit einem Lächeln.

Direkt vom Copy-Shop ging ich in die Mensa der Stadtteilverwaltung von Alt-Żoliborz. Wie alle Bewohner des Viertels nannte ich die Mensa »Versammlung«. In der »Versammlung« aß ich schon seit etlichen Jahren zu Mittag.

An diesem Tag hatte der Leiter der Mensa, ein an Bluthochdruck leidender stämmiger Mann namens Czesław, ganz besonders gute Laune.

»Was glauben Sie, was mit ihr passiert ist?«, fragte er mich, während er eine neue Papierrolle in die Kasse fummelte. »Was ist wohl aus ihr geworden?«

»Wen meinen Sie?«, begriff ich nicht.

»Na, wen schon? *Madame!* Die Madame aus Liberas Roman!« Er zog unter der Theke das bekannte Buch hervor. Sein Autor aß hier gelegentlich. Vom Cover des Romans blitzte Picassos *Jacqueline* auf.

»Da müssen Sie den Autor selbst fragen. War Herr Libera heute schon hier?«

»Nein. Neuerdings kommt er ziemlich spät.«

Ich bestellte eine Nudelsuppe, Seelachs-Filet ohne Kartoffeln, und Sauerkraut.

Die Digitaluhr auf meiner Sony-Stereoanlage zeigte 13:20.

Die Nachmittagssitzung der Börse brachte keine klare Entscheidung. Es gab ein stabiles Gleichgewicht zwischen Angebot und Nachfrage. Aber die Zahlenfreaks haben sich wieder eingeschaltet. Die Kaufofferte von Universal betrug 77 777 Stück (K 77 777). Ich schaute auf die Zeitschriften, die sich in den Zimmerecken bis an die Wände stapelten, und zum x-ten Mal dachte ich daran, dass ich sie doch innerhalb eines Monats loswerden könnte. Ich müsste sie bloß alle noch mal durchgehen und alles Interessante ausschneiden. Allerdings müsste ich dieser Tätigkeit mindestens zwei Stunden täglich widmen. Das Ausschneiden von Zeitungsartikeln war bei uns familiär bedingt. Eine echte Familientradition. Auch mein Großvater und meine Mutter haben sich dieser Tätigkeit hingebungsvoll gewidmet. Der Großvater liebte vor allem Naturkatastrophen. Er schnitt alles aus, was er über Hurrikans, Hochwasser, Erdbeben, und alle möglichen anderen Katastrophen zu Lande, zu Wasser und in der Luft fand. Jeden Sonntag machte er dann eine Verlustbilanz auf: die Toten der Woche auf einen Stapel, Verletzte auf einen anderen, dann die ohne Dach über dem Kopf, dann die, die ihr ganzes Hab und Gut verloren hatten, und so weiter und so fort. Anschließend meditierte er eine Weile über dieser Statistik. Dann las Großvater eine Passage im Neuen Testament und nickte dabei vielsagend, als ob er es schon immer vermutet hätte.

»Und der erste Engel blies seine Posaune und es kam Hagel und Feuer vermischt mit Blut und fiel hinunter auf die Erde. Und der dritte Teil der Erde verbrannte, und der dritte Teil der Bäume verbrannte, und alles grüne Gras verbrannte.«

Von den Hunderten von Zeitungsartikeln, die meine Mutter über die Jahre gesammelt hatte, sind nur zwei erhalten geblieben. Ich fand sie in einem Umschlag, auf den sie »Die Liebe und der Tod« geschrieben hatte.

Der erste Artikel war ein Interview einer Journalistin der Zeitschrift *Paris Match* mit einer bekannten französischen Schauspielerin. Das Gespräch handelte von der einen großen wahren Liebe, der Liebe fürs Leben.

»*Liebe, ähnlich wie die Religion, findet überall Bedeutungen, misst allem Bedeutung bei*«, sagte die Schauspielerin, und eben diesen Satz hat meine Mutter rot unterstrichen und ein Ausrufezeichen danebengesetzt.

Der andere Artikel war das Fragment einer Reportage über einen Bergmann, der wie durch ein Wunder eine Gruben-Katastrophe überlebt hatte und nach sieben Tagen geborgen wurde. In dem verschütteten Gang hatte der Bergmann einen Spaten dabei und aß jeden Tag etwas von dem Stiel. Er erzählte dem Reporter, dass es seine verstorbene Mutter gewesen sei, die ihn vor dem Tod errettet hatte. Doch er verweigerte die Antwort auf die Frage, wie es denn genau passiert sein solle. Er sagte lediglich, dass seine Mutter gestorben sei, als er noch ein kleines Kind war, mehr wollte er nicht sagen.

»*Ich kann dazu nichts sagen. Das lässt sich gar nicht erzählen.*« Und auch diesen Satz hatte meine Mutter dick unterstrichen, allerdings auch ein Fragezeichen danebengesetzt. In dem »Liebe und Tod«-Umschlag fand ich außer den zwei Zeitungsausschnitten noch eine Quittung einer Steinmetzfirma.

STEINMETZFIRMA *Kazimierz Niegowski und Jerzy Decyk, Długa-Straße 41, Zielonka*
26. 6. 1986
Hiermit quittiere ich Ihnen die Anzahlung auf eine Grabplatte mit Inschrift.
Die Summe von 13 200 (dreizehntausend zweihundert) Złoty habe ich erhalten.
Gez. Pospiszył

Ich wusste zwar, dass meine Mutter eine Grabplatte für das Grab ihres ehemaligen Verlobten auf dem Calvin-Friedhof in der Żytnia-Straße bestellt hatte, warum aber hatte sie damit eine Firma aus Zielonka beauftragt? Wahrscheinlich hatte es nichts weiter zu bedeuten.

Ich machte mir etwas freien Platz auf meinem Schreibtisch, holte die Schere aus der Schublade und eine Mappe für die Zeitungsausschnitte. Dann ging ich an den größten Stapel, nahm einen Stoß Zeitungen herunter, schätzungsweise etwa vierzig Zentimeter hoch, und machte mich an die Arbeit – mit der festen Überzeugung, dass meine Ausdauer diesmal ausreichen würde. Schon einige Jahre zuvor war ich auf die Idee gekommen, ein Buch nicht zu schreiben, sondern es aus Zeitungsartikeln zusammenzustellen – ein Buch über die Zustände im damals noch kommunistischen Polen. Erst viel später erfuhr ich, dass schon Lisaweta Nikolajewna, eine Figur aus Dostojewskis *Dämonen*, diese Idee gehabt hatte.

Mit Begeisterung ging ich daran, das Material zu sammeln, doch die Arbeit wurde mir bald zu viel. Ich habe Dutzende von Mappen mit Zeitungsausschnitten zusammengetragen und gab es doch auf. Trotzdem: Die Idee ließ mich über Jahre nicht los. Manchmal stellte ich mir vor, dass das Buch fertig geworden ist, dass es gedruckt wurde, dass es gute Rezensionen bekam. Und ein Journalist der *Allgemeinen Wochenzeitschrift* würde seine Besprechung mit dem hinreißenden Satz beenden:

> *Der Unterschied zwischen Dostojewskis Lisaweta Nikolajewna und Zbigniew Hintz ist, dass Hintz es nicht bei den guten Absichten belassen hat, sondern ein Werk komponierte, das eine große Aussagekraft über das Polen der letzten Jahre besitzt.*

Andererseits ist es interessant, dass es für mich immer ein Tabu war, eine nur einmal gelesene Zeitung wegzuwerfen. Stets musste jedes Exemplar mindestens einmal wieder durchgesehen werden, dann aber mit einer Schere in der Hand. Zugegeben, hin und wieder konnte es passieren, dass ich dessen überdrüssig war und die Zeitungen auf den Altpapierstapel legte, um sie dann wegzuwerfen; doch jedes Mal entschied ich mich dagegen. Ich konnte mich des Eindrucks nicht erwehren, dass – sollte ich es wirklich tun – etwas unwiederbringlich verloren gehen würde. Und vielleicht würde eben das in Zukunft für mich wichtig werden, wer konnte es schon sagen. Zum Beispiel: die Reportage aus Russland, über einen psychisch kranken Mann, der sich vorgenommen hatte, eine neue Sprache zu entwickeln, um mit ihr das Unaussprechliche ausdrücken zu können. Wenn ein solcher Mensch der Protagonist eines meiner Bücher wäre, würde er in Moskau die Theorien von Nikolaj J. Marr studieren. Marr war eine Koryphäe auf dem Gebiet der kaukasischen Sprachen. Er versuchte, eine Art marxistische Linguistik zu entwickeln, und bevor er bei Stalin in Ungnade fiel, galt er als ein Revolutionär der Sprachtheorie. Er vertrat die These, dass die gesprochene Sprache die Besonderheit der Klassengesellschaft sei, doch in einer klassenlosen Form würde diese Sprache verschwinden, zugunsten einer internationalen Verständigungsform durch Gedanken. Mein Protagonist müsste dann vermuten, dass Marrs Idee kein Hirngespinst war, wie man allgemein meinte, sondern dass sie tatsächlich zu einer Bedrohung für das System werden konnte – weswegen Stalin solche Angst vor Marr hatte.

Meine Mappen waren thematisch geordnet und beschriftet. In der »Sprachen«-Mappe hatte ich viele sonderbare Materialien gesammelt, wie zum Beispiel den Bericht über die erstaunliche Heilung eines Stummen oder den Artikel über den Gewinner des Rückwärts-Lesen-Wettbewerbes, eines jungen Iren, der mit zwei Stunden und vierzig Minuten seinen eigenen Guinness-Buch-Rekord verbessern konnte. Ich schaute mir aufmerksam eine Zeitung nach der anderen an, und dann holte ich mir noch einen Stoß herunter, circa zwanzig Zentimeter dick. Als ich schließlich mit der Arbeit fertig war und die alten Zeitungen in die Altpapierkiste in den Flur trug, blieb auf meinem Schreibtisch nur noch ein Ausschnitt – eine Meldung aus dem *Superexpress* mit der großen, fett gesetzten Überschrift:

WILLST DU IN SEIN? WERDE DOPPELZÜNGIG!

> *Piercings und Tätowierungen schockieren niemanden mehr. Wenn du heute noch auffallen willst, musst du dir schon die Zunge spalten lassen. Dennoch: es gibt Gegner dieser neuen Mode, die der Meinung sind, dass es kein Spaß sei, sondern eindeutige Selbstverstümmelung. Die Regierung des Staates Illinois ist dabei, ein Gesetz zu verabschieden, das solche Praktiken verbietet. Die Offiziere der Air Base in North Carolina erzählen, dass sich im Februar einer ihrer Soldaten die Zunge wieder zusammennähen lassen musste, sonst wäre ihm der Dienst quittiert worden.*
> *Die Menschen, die sich die Zunge haben spalten lassen, berichten, dass es einerseits eine große Annehmlichkeit sei, andererseits ein spirituelles Erlebnis. Doch die meisten tun es wohl nur wegen des schockierenden Effekts.*

Ich las mir die Notiz zwei Mal durch und steckte sie in eine der Mappen, überzeugt, dass ich sie noch würde verwenden können.

Das Telefon klingelte. Ich wartete das vierte Läuten ab und hob dann den Hörer ab.

»Ja, bitte.«

»Ich bin es«, hörte ich. Die Stimme meines Vaters war viel kräftiger als heute Vormittag. »Kannst du mich hören?«

»Ja, ich höre dich ausgezeichnet. Wie war es denn? Hat alles geklappt?«

»Ach, großes Trarara und nichts dahinter. Der Direktor hielt eine kleine Ansprache und das war es dann auch. Keine Rede wert. Hör mal, ich hätte eine Bitte an dich.«

»Welche denn?«

»Ich habe ein paar Blumensträuße bekommen. Ich weiß nicht, was ich damit tun soll. Könntest du hier in der Wohnung vorbeikommen? Oder ... vielleicht passt es dir gerade nicht?«, fragte er unsicher.

»Doch, doch, Papa. Kein Problem. Ich komme spätestens in einer halben Stunde.«

19.

Das Schweigen

»Komm rein, bitte.«

Mein Vater führte mich feierlich in das Wohnzimmer, und obwohl es draußen noch hell war, machte er das Licht an.

»Oh-ho ...«, murmelte ich.

Die Blumen lagen in vier Haufen auf dem Boden und reichten meinem Vater bis zu den Knien. Rosen, Nelken, Tulpen, Gerbera, weißer Flieder, Hyazinthen, Freesien. Die Krankenschwestern und die Pflegekräfte hatten sich selbst übertroffen.

»Nicht schlecht ... Das nennst du ›ein paar Sträuße‹?«, sagte ich.

»Ich sage es dir ganz ehrlich – so viele Blumen hätte ich nie erwartet! Sind sie denn wahnsinnig geworden?« Mein Vater schaute mich an, stolz und verlegen gleichzeitig. »Ich fühle mich wie auf meinem eigenen Begräbnis. Das soll der Lohn für sechsundvierzig Jahre sein?«

»Ach Papa, lass die Scherze.«

Der Geruch nach verkohlten Plätzchen, der noch vormittags die Wohnung erfüllte, wurde völlig vom Duft der Blumen verdrängt. Es roch schwül und süßlich, wie in einer Kirche. Wie bei einem Begräbnis ...

»Papa, sag mal, was willst du mit alledem machen?«

»Ich dachte ...« Er brach ab. »Ich dachte, dass du sie auf Mutters Grab fahren könntest ...«

Ich nickte. Wir schwiegen. Mein Vater brach die Stille als Erster.

»In zwei Stunden wird es dunkel sein. Wir müssten uns beeilen.«

»Ja, das schaffe ich schon.« Ich sah auf meine Armbanduhr. »Ich weiß bloß nicht, ob ich die ganzen Blumen mit einem Mal fahren kann.«

»Das kriegst du schon hin, lass es meine Sorge sein.« Er holte aus dem Schrank ein weißes Laken und faltete es auseinander, schüttelte es aus und legte es auf den Boden. »Lass mich bitte kurz alleine«, bat er.

In dem Augenblick fiel mir alles wieder ein: Mutters Aufenthalte im Sanatorium, das hektische Packen vor jeder ihrer Reisen, die knallenden Schranktüren, der Haufen Anziehsachen, die meine Mutter mitnehmen wollte, der leere Koffer, in den sie nie alle hineinpassten, die Ruhe und Sicherheit meines Vaters, bevor er sich daran machte, zu packen.

»Sag mir Bescheid, wenn du fertig bist.« Ich ging aus dem Wohnzimmer und schloss leise die Tür hinter mir zu. Ich ging in mein altes Zimmer. Mutters Zimmer, in dem einst ein Dutzend Kinder auf dem Boden spielte, in dem ich abends immer die Tischplatte aufklappte, meine alte Schreibmaschine der Marke »Rheinmetall« aufstellte und anfing, an einem Buch zu arbeiten, das ich bis heute nicht beendet hatte.

Meine Mutter hatte die Wände mit allen möglichen Dingen vollgehängt: Bilder, Fotos, das Schild von Großvaters Apotheke, ein Porzellanteller, ein Werbeschild, trockene Blumen, ein Holzschnitt, ein Engel aus Alabaster, unzählige Sachen. Sie schlug die Nägel mit einem Schuhmacher-Hammer ein, mit dem man sie später auch wieder herausziehen konnte. Ich half ihr oft dabei, obwohl ich keine rechte Geduld dafür aufbringen konnte.

Einmal hielt ich einen chinesischen Fächer in der einen und eine Nofretete-Maske in der anderen Hand, die ich über dem Kopf an der Wand hin und her schieben musste, Zentimeter um Zentimeter, während meine Mutter an der Tür stand und mir mit erhobener Stimme Befehle erteilte.

»Höher!«, schrie sie aufgeregt. »Hörst du nicht? Noch höher, etwas mehr nach rechts. Nach rechts, sagte ich! Weißt du nicht, wo deine rechte Hand ist? Das reicht, warte. Etwas mehr nach links. Nach links. Höher! Noch höher! Tiefer! Stopp!«

Auf den Befehl »Stopp« hin erstarrte ich. Meine Arme schliefen vor Anstrengung ein, während ich darauf wartete, dass meine Mutter endlich zu mir kam und mit einem Bleistift den richtigen Platz für Fächer und Maske markierte. Dann schließlich würde sie mit ihrem schweren Hammer an den markierten Stellen die Nägel in die Wand treiben, mit diesem Hammer, der mir so viel Unbehagen bereitete. Seine Form war beängstigend, der metallene Griff verflachte sich nach unten, wurde krumm und unförmig, wie das Ärmchen eines an Kinderlähmung erkrankten Kindes. Der Hammer war notwendig; die harte Steinwand nahm ausschließlich Stahlnägel an, die meine Mutter in den Läden in der Królewska-Straße kaufte.

Die Wand war der Ort von Mutters unendlichen gestalterischen Experimenten, die mein Vater stets mit beredtem Schweigen kommentierte. Jede Veränderung erschien ihm unsinnig, während meine Mutter für Veränderungen lebte. Getrieben von einer seltsamen Unruhe, sei es einmal die Woche oder einmal im Monat, nahm sie alles von der Wand, was sie zuvor aufgehängt hatte, holte mit Hilfe des Hammers die Nägel wieder heraus und schlug sie an anderen Stellen ein, so dass die Bilder, Fotos, Schilder, Engelchen, Fächer und Masken in völlig neuer Konstellation an der Wand hingen. Aber auch diese neue Ordnung befriedigte sie nicht auf Dauer. Der schwere Hammer verweigerte ein ums andere Mal seinen Dienst, die Nägel ließen sich nicht einschlagen, große Putzstücke fielen von der gequälten Wand, die Löcher wurden immer mehr, so viele, dass man sie irgendwann nicht mehr bedecken konnte.

Für eine richtige Renovierung hatten wir nie Geld, so dass mein Vater hin und wieder einen Sack Zement kaufte, sich vom Hauswart eine Leiter lieh, sich bis auf die Unterhose auszog, sein altes Käppi aufsetzte, und begann, die Spuren von Mutters Verwüstungen mit Zement zu beseitigen. Mit den Jahren fiel ihm das allerdings immer schwerer.

Ich stand im Zimmer meiner Mutter und schaute auf ihr altes Bett, dessen Matratze in der Mitte durchhing. Das für die Nacht aufgeklappte Bett fiel jedes Mal in sich zusammen, wenn Mutter nicht zuvor alle ihre Alben und Kartons mit Fotos in den Bettkasten steckte.

Auf dem Nachttisch unter der Lampe, neben der Brille mit ihrer immer wieder geklebten Fassung, lagen zwei Bücher, von denen sich meine Mutter nie trennen wollte: die *Ausgewählten Gedichte* von Kazimierz Wierzyński und der Roman eines tschechischen Autors *Romeo, Julia und die Dämmerung*. Die Gedichtsammlung hatte ich meiner Mutter gekauft, zum letzten Weihnachtsfest, das wir zusammen verbringen konnten. Den Roman hatte sie sich selbst gekauft, als ich noch ein kleiner Junge war. Den Namen des Autors fand ich schon immer sehr lustig, Otčenašek, Jan Otčenašek. Jedes Mal, wenn meine Mutter seinen Roman las, weinte sie, sie konnte ihre Tränen nicht zurückhalten, und wahrscheinlich wollte sie es auch gar nicht. Ich hatte den Eindruck, dass sie Otčenašeks Buch nur deswegen immer wieder gelesen hat, um weinen zu können. Sie weinte immer so herzzerreißend, dass ich als Kind lange Zeit Angst hatte, in ihr Zimmer zu kommen. Irgendwann, da war ich zwölf, traute ich mich endlich hinein. Ich sah in das Buch und konnte nicht begreifen, warum Julia im Roman Esther hieß. Warum saß sie stundenlang in einem Schrank und ging nicht mit dem Mann spazieren, den sie liebte? Und warum wollten ihre Nachbarn, dass sie aus dem Haus auszieht? Eines Tages fiel etwas aus dem Buch heraus, als ich es in die Hand nahm. Meine Mutter trocknete oft in den Schrebergärten gesammelte Wiesenblumen zwischen den Seiten; doch als ich mich bückte, um sie aufzuheben, bemerkte ich, dass es kleine gelbe Papiersterne mit der Aufschrift JUDE waren. Ob sie immer noch in dem Buch lagen? Ich schaute nach, ja, sie steckten immer noch zwischen den Seiten.

In diesem Augenblick rief mein Vater nach mir. Ich ging ins Wohnzimmer. Auf dem Boden, im hellen Licht der Lampe, lag ein weißes Bündel, das mich an eine ägyptische Mumie erinnerte. Mein Vater rollte die Ecken des Lakens zusammen und steckte sie mit Sicherheitsnadeln fest.

»Da wäre noch etwas«, sagte mein Vater. »Schau, was heute mit der Post kam.« Er zeigte auf einen Umschlag, der auf dem Schreibtisch lag. Ich nahm ein Schreiben mit einem amtlichen Stempel und las, dass das Ministerium für Nationale Verteidigung den Leutnant Rudolf Hintz in den Grad eines Oberleutnants erhoben hatte.

»Das ist ja unglaublich! Alles an einem Tag!«

»Ja, so ein Zufall ...«

»Ich gratuliere, Herr Oberleutnant!«

»Endlich haben sie sich an uns erinnert, nach so langer Zeit.« Mein Vater winkte ab. »Du musst los, es wird dunkel. Pass auf dich auf.«

Ich zog meine Jacke über, nahm das Bündel mit den Blumen und spürte im Inneren ein zerbrechliches Gewicht.

Die alte Vorkriegs-Fotografie von einem Ball. Ein sehr junger Mann in der Uniform eines Fähnrichs trägt meine Mutter auf den Armen, und sie, mit langen offenen Haaren, legt ihren Arm um seinen Hals und lacht. Ich konnte mich in allen Details an diese Fotografie erinnern, bis sich ein anderes Bild über sie schob.

An jenem Tag kam der Notdienst, um meine Mutter abzuholen, doch bis er kam, musste ich jede halbe Stunde anrufen, um nachzufragen, wo sie denn blieben, warum sie noch nicht da waren. Jedes Mal wurde mir mitgeteilt, der Wagen sei bereits unterwegs, doch der Notarzt traf erst einige Stunden nach meinem ersten Anruf ein. Meine Mutter konnte schon nicht mehr alleine stehen. Die Sanitäter hatten zwar eine Trage dabei, doch als sie Mutters Zustand sahen, verzichteten sie darauf, das Gerät zu benutzen.

»Wiegen Sie überhaupt noch etwas?«, scherzte der ältere der Sanitäter, und dann nahm er meine Mutter auf seine Arme. Sie schrie auf, legte den Arm um seinen Hals und schloss die Augen. Und als der Sanitäter sie aus dem Zimmer trug, drehte sie den Kopf um, verabschiedete die Wände, den Tisch, die Stühle, die Lampe, das Bett, und erst, als sie über der Schwelle war, sagte sie ein Wort: »La maison.«

Mein Vater hielt mir die Tür auf. Das zerbrechliche Gewicht der Blumen schmiegte sich in meine Arme. Ich hatte das Gefühl, einen toten Albatros zu tragen, dem jemand die Flügel gebrochen hat. Ich ging hinunter zum Wagen, legte das weiße Bündel auf den Rücksitz und fuhr zum Friedhof.

Ich dachte über die Nachricht auf meinem Anrufbeantworter nach. Was wollte mir meine Mutter wohl vor ihrem Tod noch sagen? Ich ahnte, dass sie mir schon lange etwas sehr Wichtiges sagen wollte. Drei Mal bat sie mich, dass ich mich zu ihr setzte, drei Mal seufzte sie und sagte: »Wenn du wüsstest, wenn du nur wüsstest ...«, doch dann schwieg sie und schüttelte nur den Kopf – oder aber sie fing an, mir eine Familiengeschichte zu erzählen, von der wir beide wussten, dass sie keinerlei Bedeutung hatte.

»Jetzt du!«, bat sie, vielleicht in der Hoffnung, dass ich mir als Erster ein Herz fassen würde und ihr etwas beichten würde, was noch niemand zuvor zu hören bekommen hatte.

Doch ich schwieg. Ich schwieg aus vielerlei Gründen. Erstens war ich mir nicht sicher, ob das, was ich ihr zu sagen hätte, überhaupt von Interesse war. Zweitens wusste ich nicht, ob ich überhaupt jemandem davon würde berichten können. Drittens war ich mir nicht sicher, ob ich darüber reden sollte – auch wenn ich gekonnt hätte.

Warum fuhr ich wohl zuerst auf den Calvin-Friedhof in die Żytnia-Straße, anstatt die Blumen gleich zum Powązki-Friedhof zu fahren, auf das Grab meiner Mutter, wie ich es meinem Vater versprochen hatte? Warum habe ich es getan? Warum habe ich dort das andere Grab gesucht? Was habe ich gesehen, empfunden, als ich es schließlich sah? Was glaubte ich, dort zu sehen? Sollte ich es je jemandem erzählen, auch wenn ich könnte? Nein. Wohl kaum. Doch – warum eigentlich nicht?

Als ich den Calvin-Friedhof mit dem weißen Bündel in den Armen verließ, sprach mich eine Frau an, die neben dem kleinen Gebäude stand, in dem die Friedhofsverwaltung untergebracht war. Sie sah mich verdutzt an und fragte: »Was tragen Sie denn da?«

»Blumen für das Grab meiner Mutter«, antwortete ich und sie nickte bloß und sagte: »Aha«, als wäre es das Selbstverständlichste von der Welt, dass ich Blumen aus dem Friedhof hinaustrug.

Dann fuhr ich zu dem anderen Friedhof.

Es war seltsam, doch erst nach dem Tod meiner Mutter hörte ich auf, mich in Powązki zu verlaufen. Sonst konnte ich das Familiengrab nämlich nie finden, wenn ich es mal besuchen wollte.

»Wie kann man das eigene Grab nicht finden, das verstehe

ich nicht!«, wunderte meine Mutter sich immer. »Das ist doch so einfach, ich habe es dir schon hundert Mal erklärt. Du gehst durch das vierte Tor hinein, dann gehst du an der Mauer entlang, bis du einen steinernen Engel mit dem abgebrochenen Flügel siehst, dort biegst du nach rechts ab, hinter dem Gemeinschaftsgrab der Klosterfrauen. Nach links, an der Wasserpumpe vorbei, schon bist du da.«

Ich ging jedes Mal so, wie sie es mir eingetrichtert hatte, doch ich verlief mich jedes Mal. Bis ich es irgendwann konnte, und da war es wirklich einfach – wie meine Mutter es immer gesagt hatte – das vierte Tor, an der Mauer lang, der Engel mit dem abgebrochenen Flügel, das Klosterfrauen-Grab, die Pumpe ...

Es dämmerte schon, als ich an unserem Familiengrab ankam. Ich sammelte die abgebrannten Grabkerzen und die vertrockneten Chrysanthemen zusammen, die dort seit Allerheiligen lagen, dann machte ich das Bündel auf und fing an, die frischen Blumen auszupacken. Zwischen den Sträußen entdeckte ich plötzlich ein Alpenveilchen, das mir vorher nicht aufgefallen war. Und dann fiel mir ein, dass heute der siebzehnte Januar war! Der Hochzeitstag meiner Eltern! Ich zündete ein Grablicht an.

Auf dem weißen Stoff des Lakens klebten einzelne rote Blüten. Ich schüttelte das Laken dreimal aus, dann legte ich es zusammen und faltete es mehrmals, bis es nur ein kleines weißes Paket war.

20.

Die Salve

Die Digitaluhr auf meiner Sony-Stereoanlage zeigte 16:20. Und in diesem Augenblick fiel mir ein, dass ich doch wusste, wie die Winterzeit in Polen genannt wurde: die mitteleuropäische Zeit, MEZ.

Ich ging zum Fenster meiner Wohnung in der Henryk-Siemiradzki-Straße, der Straße des Künstlers, der vor hundert Jahren auf die größte Leinwand Europas gemalt hatte, wie sich die Inspiration mit der Wahrheit und der Schönheit vereinigte.

Draußen wurde es langsam dunkel, doch die Baustelle gegenüber meinem Haus wurde von Scheinwerfern hell erleuchtet. In ihrem grellen Licht sah ich zwischen den kahlen Zweigen des Walnussbaumes, dass der Sockel leer war. Die Figur der Mutter Gottes, die mir noch vor wenigen Tagen ihren weißen Rücken gezeigt hatte, war nicht mehr da. Der Arbeiter in seinem schwarzen Arbeitsanzug und der Wollmaske, die lediglich Augen, Nase und Mund freiließ, steckte bis zur Taille in einem Erdloch und schaufelte mit rhythmischen Bewegungen die Erde nach oben.

»Raaauf!

Raaauf!«, schrie die bekannte Stimme vom Dach verzweifelt nach dem Aufzug.

»*Derselbe Weg führt nach oben wie nach unten*«, erinnerte ich mich plötzlich an einen Aphorismus des Heraklit aus Ephesos.

Seit einigen Minuten schon war ich unruhig. Mein angeborener Herzfehler machte mir wieder zu schaffen. Die Krämpfe wiederholten sich in regelmäßigen Abständen und brachten den Herzrhythmus durcheinander. Musste ich mein Kalium wieder nachfüllen?

B-l, b-l, b-l ... Vor dem alten Haus gegenüber vermischte sich der Weichsel-Sand mit dem Portland-Zement. Wenn der Betonmischer so arbeiten sollte, wie mein Herz, müsste er alle zehn Sekunden eine zusätzliche Drehung machen:
B-l, b-l, b-l, b-la-lal...
B-l, b-l, b-l, b-la-lal...
B-l, b-l, b-l, b-la-lal...
Im Flur ertönte die Klingel der Gegensprechanlage.
»Ja, bitte?«
»Guten Abend!« Die beiden Stimmen kamen mir vage bekannt vor.
»Guten Abend. Sie wünschen?«, fragte ich etwas ungeduldig.
»Würden Sie uns bitte hereinlassen? Wir haben die frohe Botschaft für Sie! Wussten Sie, dass ...«
»Verzeihen Sie, ich kann jetzt nicht mit Ihnen reden.«
»Sollen wir später kommen?« Die Zeugen Jehovas gaben so leicht nicht auf.

Vielleicht konnte ich ihnen nie wirklich entschieden gegenübertreten. Mein Vater übrigens auch nicht. Sie haben es wohl immer gemerkt und ließen uns oft ihre bunten Schriften da. Diese Heftchen erinnerten mich in ihrer Ästhetik an die alten Romane des sozialistischen Realismus. Eines Tages, in einem Anfall guter Laune, oder vielleicht aus reiner Neugierde, ließ ich einen Zeugen Jehovas in die Wohnung herein. Er sagte, dass er sich mit mir über die Heilige Schrift unterhalten wolle. Er trat ein, und bevor ich ihn daran hindern konnte, zog er sich die Schuhe aus, nahm alte abgetretene

Hausschuhe aus seiner Aktentasche und schlüpfte hinein. Das brachte mich gänzlich aus dem Konzept. Ich starrte auf seine ekelhaften Puschen und die billigen gestreiften Socken, und er las mir irgendwas aus der Bibel vor. Ich konnte es nicht fassen: Jehova in Puschen!

Mein Herz stolperte, ich lief nervös durch die Wohnung, wusste nicht, wohin mit mir. Im Fenster im dritten Stock des Hauses gegenüber blitzte kurz das Gesicht der nach einem Schlaganfall gelähmten Frau auf.

Ich musste an den Spruch der Hauswärterin denken: »Sie schaut in den Tod, und ich muss waschen.«

Ich ging an mein Bücherregal und fing an, meine Wörterbücher zu betrachten, all die kleinen und großen. Zusammen besaß ich wohl an die vierzig Bände. Lange schon habe ich keine neuen Vokabeln mehr gelernt, doch die, die ich einst konnte, hatte ich alle im Gedächtnis behalten. Sie steckten in meinem Kopf, bereit, dass ich sie ans Tageslicht holte und sie benutzte.

»der Aal – węgorz
der Aar – orzeł
das Aas – padlina, ścierwo ...«

– rezitierte ich leise vor mich hin.

Warum konnte ich immer noch keine Fremdsprache sprechen – obwohl ich doch so lange Deutsch, Englisch, Französisch und vor allem Russisch gelernt hatte? Warum konnte ich nicht sprechen? Oft, wenn ich am Einschlafen war oder Musik hörte, neuerdings sogar, wenn ich den rhythmischen Geräuschen des Betonmischers lauschte, fühlte ich, wie ein Fluss aus Worten in mir aufbrandete, immer schneller und schneller rauschte, doch keinen Ausgang finden konnte, sich staute, zurückfloss, wieder auszuströmen versuchte, sich wieder staute, zurückfloss ... bis er schließlich in einen See strömte und langsam austrocknete.

Ich watete durch seichtes Wasser.

Speak to me ...
What? What about?

Plötzlich begriff ich mit erstaunlicher Klarheit: Hätte mich das Mädchen aus dem Schuhladen in London gebeten, ihr etwas auf Polnisch über mich zu erzählen, wer ich bin und was ich werden wollte, dann hätte ich sie mit irgendeinem Scherz abgefertigt oder erst recht geschwiegen. Wie also sollte ich in einer fremden Sprache reden, wenn ich die eigene nicht konnte? Wer sollte mir dabei helfen?

Meine Mutter?

Ich öffnete die Schreibtischschublade. Der Umschlag mit der Kassette aus dem Anrufbeantworter lag immer noch dort, wo ich ihn damals hingelegt hatte. Eine winzige Panasonic-Kassette, kleiner noch als eine Streichholzschachtel. Ich prüfte, ob das Band zurückgespult war. Die Nachricht, die meine Mutter damals für mich aufgenommen hatte, befand sich ganz am Anfang des Bandes. Sollte ich sie abhören? Hatte ich das Recht darauf? Ich öffnete das Kassettenfach des Anrufbeantworters und wechselte die Kassetten. Es war doch nichts dabei, ich müsste nur auf PLAY drücken ...

Ich tat es einfach. Das Band lief los.

»Hier ist der Anschluss Warschau drei-drei-drei-siebenzwei-drei ...«, hörte ich meine eigene Stimme. Ich drückte auf STOP. Es konnte hin und wieder vorkommen, dass das Gerät zuerst meine Ansage abspielte, bevor es die aufgezeichneten Nachrichten wiedergab. Ich spulte noch einmal zurück und drückte wieder auf PLAY.

»Hier ist der Anschluss Warschau drei-drei-drei-siebenzwei-drei. Bitte hinterlassen Sie eine Nachricht.« Dann das Piepsen. Die Lautstärke war auf maximal eingestellt. Ich beugte mich dicht an den Lautsprecher und hörte in vollkommener Stille die Atemzüge meiner Mutter.

»Ich kann nicht ...«, begann sie nach einer Weile, doch ihre Stimme brach immer wieder, vielleicht vor Rührung oder Schwäche, sie hielt nach jedem Wort inne. »Ich kann nicht ... in das Gerät ... sprechen. Jetzt ... jetzt bist du ... dran ...«

Und wieder Stille.

»Wird noch gesprochen? Wird noch gesprochen?«, wiederholte ich in Gedanken die Worte der Frau in der Telefonzentrale, wiederholte sie wie einen Zauberspruch.

»Ich ... kann ... nicht ... sprechen ... Jetzt bist du ... dran ...«

Und dann gar nichts mehr. Doch sie war immer noch dran, ich konnte sie atmen hören. Meine Mutter war bei mir. Plötzlich seufzte sie. In dem Moment spürte ich, dass sie gleich auflegen würde. Sie legte den Hörer langsam auf die Gabel zurück, sehr langsam. Ich drückte auf STOP.

»Ich ... kann ... nicht ... sprechen ... Jetzt bist du ... dran ...«, erinnerte ich mich an ihre Worte. Ich schloss die Augen und drückte auf meine Lider. Vor meinen Augen entstand das Bild der goldenen Uhr, die meine Urugroßmutter nach dem Januar-Aufstand bei der Firma Czapek auf dem Krakowski Przedmieście bestellt hatte. Die Uhr drehte sich vor mir, dann klappte sie auf. Ich sah das goldene Uhrwerk; das feine goldene Zahnrad drehte sich rhythmisch. Jemand – ich wusste nicht wer und warum – hat zwischen die Zähne des Rades eine Nadel gesteckt. Doch die Uhr ging, obwohl sie hätte stehen bleiben müssen.

Nein, es war nicht die goldene Uhr. Es war mein Herz, in dem sich mehrere heftige Krämpfe zu einer Serie vereinten, die die Kardiologen eine »Salve« nannten. Ich wurde müde und legte mich auf das Sofa im Wohnzimmer, dann machte ich das Licht aus und konnte nur noch in Gedanken die Titel all der Bücher lesen, die mich von allen Seiten umgaben. Tausende von Wörtern vermischten sich in meinem Kopf und wurden fest wie der Portland-Zement im Betonmischer vor meinem Haus: *B-l, b-l, b-l* ... Aaron, der erste Hohepriester Israels ... er entschied sich ... auch wenn ich barfuß und auf Knien ... geh, such deinen Vater ... 566 Kilometer von der Quelle aus ... ruhig, ganz ruhig ... schon als fünfjähriges Kind ... *speak to me* ... ich habe das alles vorausgesehen! ... Diesendorff und Hintz ... Nein! ... Hintz und Diesendorff ... jetzt bist du dran ... jetzt bist du dran ...

Ich fühlte, wie ich in den Schlaf hineinglitt.

21.

Der Traum

Der Traum war wunderschön.

Ich konnte mich anfangs nicht darin zurechtfinden, ich wusste nicht, was ich da träumte, warum ich mich so freuen musste, woher ich dieses riesige pyramidenartige Gebäude kannte, das bis zum Himmel reichte, oder war es ein Berggipfel?

Erst nach einer Weile, als das Bild allmählich schärfer wurde, erkannte ich die Klippen am Weichselufer, und die zu ihren Füßen in die Erde gesteckte Tafel mit der schwarz aufgemalten Zahl 566. Der fünfhundertsechsundsechzigste Kilometer, von der Quelle aus gerechnet. Ganz oben, auf dem Kamm des Hochufers sah ich – mich selbst. Ich stand da, mit dem Gesicht zu einer Reihe junger Kiefern, ich stand genau dort, wo mein Vater einst in der prallen Sonne gestanden hatte. Unter mir floss die Weichsel, sie war voller Fische. Die Luft war so durchsichtig, dass der Horizont ganz weit weg zu sein schien. Ich sah die Holzbrücke von Wyszogród, die größte Holzbrücke Europas, und dann alle Brücken, die je über der Weichsel gespannt wurden; ich sah die Kierbedź-Brücke, über die meine Ururgroßmutter ging. Dann hörte ich eine Stimme, es hätte die Stimme einer Frau oder eines Mannes sein können.

»Sprich!«

»Was soll ich denn sagen?!«, fragte ich und bekam sogleich Antwort.

»Sprich, sag alles, was du sagen willst. Doch sag die Wahrheit. Fürchte dich nicht. Schäme dich nicht.«

»Jetzt bist du dran ...« Ich musste an die Worte meiner Mutter denken.

»Ich?«

»Ja, du.«

Diesmal ... diesmal würde ich sprechen. Ich nahm einen tiefen Luftzug und fing an zu sprechen. Ich erzählte davon, was mir an diesem Tag passiert war, an diesem Tag, an dem ich um fünf Uhr nachmittags nach einer Herzsalve eingeschlafen war, und davon, was mir in meinem ganzen Leben passiert war. Ich erzählte davon, wie mein Vater Rudolf Hintz mit zweiundachtzig Jahren zum letzten Mal arbeiten ging, in die Apotheke des Städtischen Krankenhauses für Infektionskrankheiten, und wie ich ihm geholfen hatte, die Plätzchen zu transportieren, mit denen er seine Abschiedsgäste bewirtete. Ich erzählte, dass mein Vater keinen einzigen Arbeitstag versäumt hatte, dass er nie zu spät gekommen war. Er hatte immer nur gearbeitet, so gut er konnte. Und nach fünfundzwanzig Jahren bekam er für seine Dienste das Braune Verdienstkreuz und eine Aktentasche aus künstlichem Schweinsleder, und in der Gewerkschaftszeitschrift wurde ein Artikel mit Foto veröffentlicht. Ich sprach immer schneller, von einer irrationalen Angst getrieben, dass jemand mich unterbrechen könnte, dass ich nicht alles würde sagen können. Doch niemand machte Anstalten, mich zu unterbrechen, ich konnte weitererzählen. Ich erzählte, dass meine Mutter Janina Hintz, geborene Czerska, mich lange Zeit für ein wohlgeratenes Kind gehalten hatte, dass sie der festen Meinung war, dass ich, als Einziger aus unserer Familie, es zu etwas bringen würde im Leben, dass ich nationale und dann auch internationale Karriere machen würde, dass ich ins Ausland gehen und dort eine Familie gründen würde, dass ich mir eine Wohnung oder gar ein Haus kaufen und Pakete nach Polen schicken würde, und dass ich sie, meine Mutter, eines Tages nach Wien oder nach Paris einladen würde. Doch als ich dreißig geworden war und noch kein einziges Mal im polnischen Fernsehen aufgetreten war, war meine Mutter zu der Überzeugung gelangt, dass meine Karrierechancen ein für alle Mal hin waren, dass ich es nie zu etwas bringen würde. Das sei das Ende, sagte sie, ja, das Ende. Nie würde ich es schaffen, jemand Bekanntes zu werden, jemand, den man bewundern konnte, ich würde enden wie mein Vater, ich hätte meine besten Jahre vergeudet, nun gab es keine Hoffnung mehr, ich würde nur noch hinunterfallen und stürzen.

Ich sprach weiter.

Ich sprach und wunderte mich dabei, dass ich so viel reden konnte, dass ich im Stande war, zu sprechen. Der Fluss der Worte konnte endlich ungestört fließen.

Ich sprach Polnisch, ich sprach in meiner Muttersprache, und dennoch ... mir war, als würde ich in allen Sprachen der Welt sprechen.

Inhalt

1.	Das Erwachen	7
2.	Die uralte Lautmalerei	11
3.	Die Schreibmaschine	20
4.	Schwarzer Schmuck	29
5.	Mein Vater und Nathan Rothschild	37
6.	»Wird noch gesprochen? Wird noch gesprochen?« »Ja! Ja!«	43
7.	Der erste Buchstabe des Alphabets	49
8.	Lebende Bilder	59
9.	Meine Mutter und Charles Baudelaire	69
10.	Der Mittelpfeiler	77
11.	Leere Kalender	86
12.	Der Sonnengott	95
13.	Wie werde ich ein Sprachgenie?	103
14.	Speak to me ...	115
15.	Fibonaccis Zahlen	129
16.	Leben unter der Brücke	136
17.	Der Verdienst der Jahre	143
18.	Der doppelzüngige Mensch	152
19.	Das Schweigen	161
20.	Die Salve	169
21.	Der Traum	175